华文微经典

中国微型小说学会
世界华文微型小说研究会
主持

朵 拉

早上的花

四川出版集团 ≫ 四川文艺出版社

图书在版编目（CIP）数据

早上的花 ／（马来西亚）朵拉著 . —— 成都：四川文艺
出版社，2013.5
（华文微经典）
ISBN 978-7-5411-3647-4

Ⅰ．①早… Ⅱ．①朵… Ⅲ．①小小说－小说集－马来
西亚－现代 Ⅳ．① I338.45

中国版本图书馆 CIP 数据核字（2013）第 027795 号

华文微经典
HUAWEN WEI JINGDIAN
[世界华文微型小说经典]

早上的花
ZAOSHANG DE HUA

[马来西亚] 朵拉　著

选题策划	时上悦读
责任编辑	舒晓利　李淑云
封面设计	所以设计馆

出版发行　四川出版集团 四川文艺出版社
社　　址　四川省成都市槐树街 2 号
网　　址　www.scwys.com
电　　话　028-86259285（发行部）　　028-86259303（编辑部）
传　　真　028-86259306
读者服务　028-86259293

印　　刷　北京山华苑印刷有限责任公司
开　　本　650mm×920mm　1/16
印　　张　13
字　　数　120 千
版　　次　2013 年 4 月第一版
印　　次　2014 年 1 月第二次印刷
书　　号　ISBN 978-7-5411-3647-4
定　　价　35.00 元

华文微经典

作者简介

朵拉，原名林月丝，出生于马来西亚槟城。专业作家、画家。祖籍福建惠安。在新加坡、马来西亚以及中国大陆和中国台湾地区出版个人作品集共 39 本。曾受邀为大马多家报纸杂志及美国纽约《世界日报》、中国台湾《人间福报》、昆明《春城晚报》撰写副刊专栏。现为报纸及杂志副刊专栏作者、世界华文作家交流协会副秘书长、世界华文微型小说研究会理事、环球作家编委、大马华文作家协会会员、马来西亚华人文化协会槟州副会长、浮罗山背艺术协会主席、槟城水墨画协会主席、马来西亚 TOCCATA 艺术空间总监、拿督林庆金 JP 出版基金秘书长。曾任大马棕榈出版社社长、《蕉风》文学双月刊执行编辑、《清流》文学双月刊执行编辑。小说《行人道上的镜子和鸟》被译成日文，并在英国拍成电影短片，于日本首映。

前言

　　有人曾说，地不分东西南北，凡有人类生活的地方，就有华人的身影。话虽有玩笑的成分，但当前华人遍布世界各地，却也是不争的事实。扎根世界各地的炎黄子孙，他们的生活状况如何？他们的情感世界怎样？他们的所思所想何在？……要找到这些答案，阅读他们以母语写下的文字无疑是最好的方法之一。诚然，并不是有华人的地方就有华文创作，但在一些主要的国家和地区，华文创作几十上百年来一直薪火相传所结出的果实，显然也是令人瞩目的。遗憾的是，因为多种原因，国内的读者多年来对海外的华文创作了解甚少。尤其对广布世界各地的华文微型小说这一重要且具代表性的文体，更只是偶窥一斑而不见全貌。"华文微经典"丛书的出版，可谓弥补了这一缺憾。

　　海外的华文微型小说创作，主要分为东南亚和美澳日欧两大板块。两大板块中，又以东南亚的创作最为积极活跃，成果也更为突出。东南亚华文微型小说创作兴起于二十世纪八十年代初，各国在时间上又略有先后。最早开始有意识地从事微型小说的创作，并且有意识地对这一新文体进行探索、总结和研究，而且创作数量喜人、作品质量达到了一定艺术高度的，是新加坡和马来西亚；稍后于新加坡和马来西亚的是泰国，再后是菲律宾和文莱，再后是印度尼西亚。在发展过程中，各国的创作曾一度因具体的历史原因而存在较大的差距，但这一状况在近十年来正日益得到改善。

美澳日欧板块则因创作者相对分散，在力量的聚集上略逊于东南亚板块。不过网络的发展正在弥补这一缺憾，例如新移民作家利用网络平台对散居各地的创作进行整合，就已显现出聚合的成效。

新移民的创作是海外华文微型小说创作中近十多年来涌现出的一股新力量。尤其是近年来随着作家对当地文化和生活的日渐融入，其创作已日渐呈现出新视野，题材表现也开始渐渐与大陆生活经验拉开了距离，具有了海外写作的特质。

以上是对海外华文微型小说发展的一个简单梳理，而"华文微经典"丛书的出版，正是对这一梳理的具体呈现（为避免有遗珠之憾，丛书也将有别于中国内地写作的港澳地区的华文微型小说写作归入其中）。通过系统、全面、集中的出版，读者不仅可以得见世界范围内华文微型小说创作风姿多样的全貌，更可从中了解世界各地华人的文化与生活状况，感受他们浓郁的文化乡愁，体察他们坚实的社会良知，深入他们博大的人文关怀，触摸他们孜孜不懈的艺术追求。书籍的出版是为了文化和文明的传播与传承，我们希望这一套丛书能实现一些文化担当。我们有太长的时间忽略了对他们的关注，现在是校正这种偏差的时候了。这也正是丛书出版的意义和价值之所在吧。

目录

第三个同学会

电话来的时候，我也忍不住被李雅感染了那份喜悦。

"是呀，真的是三十年不见，时间过得真是太快了。"感叹不已。

"毕业的时候根本没想到，一分手就是三十年。"

"可不是吗？一定要，非聚一聚不可。"

大家约好在城里大酒店的著名中餐厅。

"一定要到呀。"

是李雅当召集人。之前几天，她遇到老同学刘菁菁，李雅说："菁菁提到很想念过去的同班同学。"两个人就决定相约一个晚上，把老同学约出来一起吃个饭。

"我和刘菁菁，大家分头去找老同学，一个一个探听。"李雅还是和从前一样负责任。

"我知道那个餐厅菜很贵。"李雅说，"但是，真正的意义在于老同学相聚，那个地点方便大家啦。"

餐厅里传出一声一声的惊呼，彼此不相信眼前的同学是三十年前的那个人，但说起话来，大家又像从前一样，丝毫没有隔阂。

中学时代的老师、校长，班上的趣闻，考试的心惊胆跳，甚至偷看考卷的事，谁谁暗恋老师的秘密，也都泄露出来。

大家笑得开心，仿佛回到从前的时光。

分手前，刘菁菁问，"什么时候再聚一聚呀。"

是的，人生有多少个三十年，这一别，难道又要三十年后吗？

有人建议"下个月的某个星期六晚上"。

"好的好的。"

大家都热烈得很，幻想着要把过去三十年的日子弥补回来。

第二次的同学会，彼此仍旧感觉良好，只是，稍稍有一丝惆怅和隔膜。有的同学事业有成，是企业家，开名车，住豪宅；有的同学是心脏专科医生，时常出国开会；有的是挂牌公司负责人，不必上班，每天去打高尔夫球；有的在小公司当个小职员；有的在巴刹卖面；有的在超级市场当收银员。

一群人固然不提自己此时此刻的身份，但在言谈间开始分派。几个感觉谈得来的，围成一个圈，另外几个不太爱讲话的，静静地听别人发言。纵然大家面带微笑，但有一股陌生的烟，开始袅袅地飘绕在人和人的身边。

聚会把多年不见的逐渐淡去的感情拉拢，聚会又把多年不见的陌生感觉继续，不能说是话不投机，但却有一点无从说起。

三十年的岁月，让大家的心全都笼上了一层薄薄的蒙蒙的雾。

快要回家的时候，有人开口："下一次何时再同学会呢？"

有人转过头，假装没有听到。

有人把茶杯拿起来，假装在喝茶。

有人和旁边的同学说话，假装忙碌。

有人跟着问："下一次何时再同学会？"

没有一个人回答。

后来，后来就说再见，大家各自回家去了。

三十年后的同学会，至少大家知道了彼此的近况，虽然最终什么也不了解。

老 地 方

候车亭已经很旧了，张香月开始的时候还认不出来。

本来油漆得发亮、光滑的天蓝色亭子，已经破损不堪，脱落的地方像秃了的头，非常难看。

没有任何东西可以经得起风吹日晒，岁月终究要摧残所有当初美好的一切。

当张香月在四周徘徊良久，终于认出来眼前这个残旧的候车亭时，她忍不住要叹息。

她看了一下正在等车的人，一个穿着短裙子的青春少女正在嚼着口香糖，一个是背着背包、戴着耳机在听歌陶醉得闭上眼睛的中学男生，另一个是像她一样的中年女人，大家像约好似的，排排坐在候车亭的长椅子上。

张香月也坐在一起。看起来和她约好的人还没有来。

说来会让人觉得可笑。

今天早上，她一早就起床，然后梳洗打扮，发现头发变得不听话，明明梳理好了，额前短短的那一绺，总是一个低头就掉下来，她花了很长的时间，也梳不上去，后来还是小孙女去把她妈妈梳妆台上的发油拿来："婆婆，妈妈每天梳头都抹上这个。"

然后，她连早餐也吃不下，媳妇交代印度尼西亚女佣每天特地给她煮粥。她一直都喜欢比较清淡的早餐，今天桌上的也和每天的没有分别，但她就是没有胃口。

"婆婆，你好紧张唷！" 6岁的小孙女星期六没有去幼儿园，看见她一会儿走到客厅，一会儿又爬到楼上，突然说出成人才会讲的话来。

张香月听着，有点腼腆地笑了出来。

她这才发现自己居然那么在意今天的这个约会。

三十年前，两个人为了各自的家庭，终于选择分手。刘万成带着孩子和太太，回到太太的故乡台湾，张香月流泪接受了这一切，她也不能为刘万成牺牲她幸福的家。刘万成和她订了这个约："三十年后，今天，我们仍然在老地方见。"

老地方，就是这里了。这还是他们首次约会时见面的地方，他们在这儿上车，然后一起到一家不知名的咖啡厅去，主要不是喝咖啡，而是倾诉彼此的情意。往后每次见面，都是这儿，都是那家咖啡厅。

其实到今天，见不见都不能再有什么新的发展，两个年过半百的老人，还说什么爱情呢？不过是了一了心愿罢了。

虽然刚分手时，在心上是时常都挂着他的，但是，渐渐地明白这样对生活没有帮助，对刘万成的思念就缩得小小的，像一方邮票，寄不出去的思念被搁在心的一个角落。张香月静静地等待着。刘万成一向都很守时的。

刘万成没有想到，这家不知名的咖啡厅还在做生意。为了要赴张香月的这个约会，他千里迢迢地自台湾赶了来。

两个守诺言的老人，在彼此心里的老地方，从中午等到黄昏，才失望地各自回去。

"没有什么是永恒的。"张香月和刘万成一起苦笑。

说这话时，张香月已经回到儿子媳妇的家，对着窗口眺望；刘万成则独自在他下榻的酒店房间里，看着门外的天空。

有一个月亮在天上，冷冷地，照着世间的悲欢离合。

不落的太阳

阳光并没有真正照射进房间，是窗帘拉得不紧，斜斜的光穿过布与布之间的细缝，折射出一道明亮。

他仍然躺着，和温柔的光线对视，看到外头似乎越来越亮，阳光的温柔逐渐转为严厉时，竟很高兴地坐起来。

气候渐渐凉了，中秋过后，时常下雨。早上他也是听到雨声才醒来的。那淅淅沥沥的声音，似断非断，在耳边不停不停地像风在细细地嘶嘶吹拂，让他再也睡不下去。

但要说是让雨声吵醒，却也不对，自从退休以后，往往不待天光发亮，他就醒转过来。

总是自动醒来，像已经睡饱了似的，又仿佛身体里装了个闹钟，醒来以后，躺在床上不动的他，开始听到各种各类的声音。隐隐约约，有的从远处，穿过几间屋子钻到他的耳朵里，有的就在房门外诱惑他出去瞭望。远远传来的是角落那间人家养的狗的吠声吧？清晨就高声吠几声，接着又低低地呜呜呻吟，到底是因有人经过，还是它在孤独地低诉它的寂寞？一夜没人，它在树下跑来跑去，在庭院里走来走去，孤独带来的寂寞，像它脚上肚子上沾到的狗尾巴草，贴在身上，走动的时候，一下一下刺痛，应该是难以忍受的吧？微亮的天光，促使它也要开始呼朋唤友了。

从前在办公室里，他的身份是董事，朋友无须相约，总是一个接一个，每天的晚餐约会排得满满，谈生意说股票商量新的投资计划，大家都很兴奋忙碌，没有想过退休的时光。

没有时间想，更没有想到的是，一退下来，不在位子上，朋友逐渐都不再来了。

他们也不是躲避，只是各人都有各自的忙。

他要学会的是适应。

就在门外，厅里的椅子和桌子在说着什么呢？一夜无人的清冷，令椅子和桌子也感叹寂寥。他明明听到说话的声音，可是家里没有其他人呀，厅里仅有桌子和椅子，当他真正地侧耳倾听时，那些叽叽喳喳的低语声却又消失了。

这些黎明前的嘈杂声音，是他在退休前从来不曾听过的。

那个时候，晚上应酬多，迟归晚睡，早上总起不了床，闹钟一叫，马上伸手按掉，不让它继续响，并且根本不想离开被窝。心里在计算时间，等到无奈地爬起来时，马上赶到浴室洗刷换衣，吃过早点，匆匆开车，只恨不得路上所有的车子都开快点，别继续阻塞。身为公司董事也要以身作则呀。在车上，开着收音机，要听一些新闻。老是来不及看报纸，平日需要和朋友和客户沟通，起码要听几则重要新闻。多年训练，他早就明白。一天里需要的是：一则国际新闻，一则国内要闻，一则娱乐新闻，一则体育新闻，一则股票新闻。不必深入，没有人当你是专家，但全要知道，聊起来的时候，才有话题可以开拓和继续。他的人际关系不错，因为人人觉得他好像什么都懂，其实是现炒现卖，却也如鱼得水，因此朋友特多。

现在，每天从报头看到报屁股，每一个字，仔细地阅读。没有人分享或讨论。读过的报纸，随手掷在沙发边，人倚在沙发上，半睡半醒。有时候让自己的打鼾声吵醒自己。

他打开大门，一轮火红的太阳已经升在天空，那么耀眼夺目，好像昨天没有落下去一样。

每一天冷冷的寂寞也和热热的太阳一样，好像都没有落下去。

亮亮的眼睛

说起来真好笑，胡亚萍是听到医生告诉她刘旭伟不能生育以后，才开始对小孩产生特别强烈的喜爱。

到公园去运动时，看见婴儿车经过，她就抑制不住要停下脚步，探头去望人家的婴孩。

每一个孩子都那样可爱，那么讨人喜欢。

从前边跑过来的孩童，肥墩墩的腿，笑眯眯的脸，大大的眼睛，黑白分明，好像快跌倒了，却还不懂得害怕，一直在跑。

胡亚萍忍不住走过去扶他一把。

小孩也不躲开，一径对她笑。

"谢谢你。"小孩的妈妈走来，微笑地向胡亚萍道谢。

"好可爱唷！"胡亚萍说出心中的话。

"很皮呢！"做妈妈的掩饰不住心上的欢喜，嘴里却说着相反的话。

"几岁了？"友善的妈妈令胡亚萍感觉亲切。

"两岁半。"妈妈一脸愉快，"他最喜欢到公园来玩了。"

"哦。"胡亚萍诧异，"我也时常来，但这是第一次见到你们呢。"

"我们刚刚搬来不久。"妈妈跟在小孩的背后，胡亚萍也和她一起走。

"啊，新搬来的。"胡亚萍很喜欢这个年轻妈妈的和气，自动伸出友谊之手，"很高兴认识你们，我是胡亚萍。"

"我是黄太太。"妈妈也很高兴。

"我可以抱抱你的孩子吗？"胡亚萍露出恳求的眼神。

"啊，当然。"黄太太并没有因为她的唐突而不悦。

小孩一点儿都不怕生，胡亚萍抱在手上，他还是活跃地伸手要捉小鸟，拉树叶。

"看，皮得很哩。"黄太太笑着说。

"活泼的小孩才得人欢心呀。"胡亚萍非常羡慕。

黄太太听到胡亚萍一直称赞孩子，得意地叫："小洋，叫安娣①。"

小洋叫了，稚嫩的、不准确的发音，却叫得胡亚萍的心都软了。

---

①安娣：Aunty 的音译，是马来西亚、新加坡华语中特有的社会称谓，用于指称女性长辈。新加坡地区对中老年妇女的称呼。

"小洋好听话唷！"她跟小洋说。

小洋直对她笑。

"他的眼睛真漂亮。"胡亚萍看着小洋，想起了一个多年前的朋友，他也有一对这样亮亮的眼睛。

"人家都说他长得像爸爸呢！"黄太太的眼睛笑起来，更狭长。"我的眼睛那么小，幸好小洋不像我。"

"小洋？"胡亚萍突然像想起了什么。

"是的。"黄太太什么也不知道地说，"我先生叫黄子洋，他就给儿子取名小洋。"

胡来萍一怔，脸上的微笑不见了。

当时她选择刘旭伟，放弃黄子洋，因为她认为刘旭伟的事业成功，可以给她优渥的生活、欢悦的日子。

在今天以前，她一直以为物质的享受和快乐应该是画上等号的。

"羞羞，安娣哭了。"小洋用手指划着她的脸，用亮亮的眼睛望着她。

遗失的青春

　　起初气氛良好，这是难得一次的同学会。多年不见的老同学，纷纷互相问候。说说笑笑间，青春年代的无忧无虑仿佛又折返回来，天真无邪的日子似乎还没有成为过去。

　　"你看你一点儿都没有变，还是和以前一样。"

　　"你不也是，性格一样开朗，外表一样年轻。"

　　"不可能啦，多少年都过去了，怎么会没有变呢？"

　　"我向来不乱说话的，你又不是不知道。"

　　"那倒是真的，不过，说没有变……"

　　"真的啦，骗你干吗？"

　　大家都相互坚持自己的看法，大家都觉得还和以前一样，大家都快活地笑着闹着，那些年轻的老日子重新历历在目。就在边吃边笑边说着自己近况的时候，小梅发现她的耳环不见了。

　　"哎呀！是钻石外镶一圈红宝的，那可是我先生送我的结婚礼物哪！"小梅的声音惊慌失措，因为价值不菲，"那一对要 3 万多零吉①呀。"

"什么？"老同学没有人不大吃一惊的，本来叽叽喳喳的热闹话语全在瞬息间消失，室内一片鸦雀无声，就连搛菜的好多双筷子也停在盘上，动也不动。

"哗！不过就一对耳环，那么贵呀？"

有人羡慕，有人妒忌，有人怀疑，有人已经开始行动，四下张望，甚至还有人蹲在地上帮小梅寻找。

"会掉到哪里去呢？"老同学都替她担心，价值那么昂贵，遗失太可惜了。况且，万一找不回来的话，大家岂不都变成嫌疑犯了？这滋味可不好受。

餐桌上，椅子上，地板上，几十双眼睛一而再地寻寻觅觅，就是不见闪亮的红宝圈钻石的踪迹。

"啊！"有人突然想起来，"小梅，你刚才去了一趟洗手间，会不会遗落在那儿？"

"对呀，对呀。"有人附和，"可能就掉在洗手间呢！"

"我陪你去看看。"在学校里和小梅关系最好的阿芬自告奋勇。

看着她们走远的背影，有人开始缓缓地说："戴那么贵

----

①零吉：马来西亚货币名称。

重的首饰来参加同学会干吗？"

"就是，又不是什么重要宴会。"

"可不是，不过是老同学聚一聚罢了。"

"看来是想向老同学炫耀一番吧。"

"小梅从前就是这样的性格啦。"

"爱炫，一点儿都没有变。"

"你们说，谁？你们有谁戴那样贵重的首饰来的？"

"谁像她呀！怕人家不知道她有钱呢！我们那么多人都没有人遗失东西，就只她一个，这么巧？"

"是嘛，没有谁遗失什么呀！是她自己爱炫耀，活该！"

"老实说，我有点怀疑，真的假的？"

"对呀！那么昂贵，随随便便戴出来？"

"管她啦，有钱买那么贵重的首饰，还在乎遗失吗？"

"哼，说得也是，叫她老公再买一对不就解决啰。"

"那样昂贵的首饰，怎么可能那么不小心？故意搞出来的吧？她没开口说遗失的时候，谁去注意她了？"

"别理她啦，吃吧。这菜可是自己出钱的，不吃白不吃。"

"是呀！找不到是她的事，找到了也是她的，搞不成她会分给我们？遗失东西的人是她，让她自己去担忧好了。我们还是吃菜吧。"

所有的筷子再度往盘上挟，谁也不让谁。

没有人再去关心，这一个同学会到底遗失了什么？

寻路启事

楔子

在报纸上，不时会发现寻人启事、寻车启事，甚至还有寻狗寻猫的启事。一个人或一辆车不见了，一只狗或一只猫遗失了，要寻找回来，虽然说在茫茫人海中，有点像海底捞针，但是，只要有一线希望，寻找者通常都不会放弃的。

这是一则寻路启事，一个找不到路的迷路者，他拟了这样的一份启事，你读完以后，愿意帮他找吗？或者，你这才发现，其实你也是其中一个迷路者，你也正在寻找你的来时路？

寻路启事

我不知道我怎么会来到这样的一个城市的。

用过的保温瓶、塑料袋、纸盒、木箱、果皮碎纸、动物的死尸、腐烂了的菜叶、熟透的香蕉、枯萎的树干、酱油、辣椒酱、用空了的玻璃瓶、阅过的旧报纸杂志，通通囤积在河心中。靠河岸边还有一堆堆翻白的鱼肚。它们是否禁不住龌龊，全缺氧而窒息了？

我住的城市是有一条河，但是那却是一条清清澈澈的大河。我曾经住在大河边，大河供给我食水。我在河中冲凉，小鸭在河里游泳嬉戏，妈妈在河上洗衣裳，我在河里抓过鱼摸过虾，在河里我度过我的快乐童年。那条河，有我最深刻而美丽得像玫瑰花一样的记忆。

我记忆中的河呢？

我真搞不清楚究竟是怎么一回事，我诧异自己怎么会来到这样的一个城市，我明明记得我住的城市不是这个样子的。是我走错了路吗？

我希望我是在梦中，我正在做梦。我要回去睡觉，当我再次醒来我就会发现自己只不过是做了一场荒谬的梦。

我要循着原路走回去。

站在十字街头，我四面张望。蓦地我发现，这是一个全然陌生的城市，我找不到来时的路！

我再也回不去了。

我害怕了起来，这个城市不是我住的那个。这个城市不是我要住的那一个。但是，我无论怎么找也找不到了。

那条来时的路呢？

所有仁人君子，如果谁知道，如果谁找到了，请告诉我，尽快。

切下的手指

他被他们带到厕所去。

"坐下。"他们指着坐厕板，厉声叫他。

他没有出声，静静地依言照做。

"老大，是否要把他的手绑起来？"其中一个肥矮的男人，问那个在作决定的高个子。

"你是不是要等他反抗才动手？"高个子不满矮男人的问题。

高个子的手上拿着的小刀在灯下发出闪亮冷冽的光芒，这时正指着他的胸口："你如果乱动，不要怪我心狠手辣。"

"快点呀你！"高个子凶巴巴地瞪着肥矮男人，"绳子呢？"

肥矮男人从身上拿出备好的塑料绳子，一边对他说："你不要乱动呀，你不要乱动呀！你要是乱动，我老大就一刀——"

他说："我没有乱动，你看，我都没有动。"

他这话才说完，不知道为什么手上突然出现了一把小刀。

"咦？"肥矮男人吃惊地叫起来，"老大！你看他——"

高个子也吓了一跳："你——"

他对两个趁他没有警惕硬闯进他的酒店房间的盗贼微笑："你有，我也有。"

高个子不相信："怎么会？你怎么会有？"

"我还会这样。"他突然用小刀把自己的手指切下来，是最尾的小指。

刹那间，血流了一手，他一点儿也不在意，将小手指拿给两个盗贼看："你们敢不敢？"

肥矮男人脸色大变："你——你——"

高个子的呼吸也急促起来："你——你——"

他们都不知道下一步应该做什么，应该怎么做了。这是他们多年的盗贼生活中从来没有碰到的意外。

每一个被他们强抢的人，只有恐惧地跪地求饶，害怕得呜呜作声或者瘫在地上软绵绵的一句话也说不出，他们是第一次遇到这样不怕死的人。

他仍然脸带微笑："如果你们能够，就把我的钱拿去吧。"

他说完，就把流着血的捏在手上的小手指，放在嘴里，咬了一口。

肥矮男人仿佛听到咯吱咯吱的咬嚼声，他打了一个寒战。

高个子的脸色在厕所的灯光下，转成青色，变成和厕所壁上的瓷砖一样的颜色。

"味道不坏。"他边咬嚼边点头说，然后倏地提问，"你们有没有想要尝尝呢？"

他将剩下的那一小截小指，递过去给他们。

"不不不。"两个男人一起向后退。

只见他们彼此打个眼神，在一秒钟内，往外头飞奔而去。

他的笑意更浓了。

站起来慢条斯理地洗了手，拉一条挂着的白色小毛巾擦干。

干净的手没有受伤的痕迹。

每一根手指都完好无损。

他先到客厅去把门关好，上锁。一边提醒自己往后不可如此大意，别再一听到敲门声就什么也不问地开门，以为是房间清洁员工呢。

然后他坐在厅里继续看他刚刚尚未读完的报纸，报纸上有他的照片，旁边有注明："最年轻英俊的魔术师"。

半空中的手

孟老师正在选菜的时候，有人唤她："孟老师。"

孟老师抬头一看，是她六年级甲班的学生："章志文，你在卖菜？"

章志文有点腼腆："是的，我帮我妈妈。"

孟老师拿了她选好的那把菜，递给章志文，章志文放在秤上一看，说："八十仙①。"

孟老师很高兴又很感动。

她知道章志文算的是特别价格。以前她每次买这样一把都要一零吉二十仙哩！于是她赶紧又买了一粒包菜和一条红萝卜。

平常日子她由于要上课，很少到菜市场来，一星期买一

---

①仙：马来西亚货币名称。1 零吉 =100 仙。

24

次菜，所以得多买几样。这天遇到自己的学生，价钱算得很便宜，孟老师自然就更想多买些。

把菜都放进篮子里，她临走时，想一下，问："志文，老师今天要煮鱼，需要用到一小块姜，能不能给我折一块，小小的一块就好。"

"好的。"志文点点头，在放姜的篮子里挑了一块不大不小的，递给孟老师。

"谢谢你啦。"孟老师微笑。

她走过去了，突然又想起什么，倒回来："志文，我差点忘记了，你有葱吗？"

"有啊！"志文边点头边问，"老师要多少？"

孟老师有点不好意思，她说："我只要一根就够了。"

"哦。"志文把一根葱拿给孟老师。

"多少钱？"孟老师假意要打开钱包。

"不必了。"志文笑笑。

"呀！那谢谢了。"孟老师其实也知道志文是不会收她钱的。她买了好几种菜，而这不过是一根葱罢了。

她喜滋滋地走了。决定下个星期到菜市场的时候，再找章志文买菜。

突然她听到章志文追上来，气喘喘地喊着："老师！老师！孟老师！"

"怎么了？"孟老师停下脚步。

"老师，刚刚你多给我二十仙了。"章志文把钱还给孟老师。

孟老师暗暗懊恼，她刚才一心只顾着要跟志文讨姜和葱，却给错钱了。

她不好意思再拿回来，只好说："不要紧啦，才二十仙。"

"不，不可以的。"章志文坚持要还。

孟老师心想："是呀，是算错了，就拿回来好了。"

她伸手正要把志文手上的二十仙拿回来，口里说："志文做人很诚实唷。"

章志文回答："孟老师你平时教我们做人不可以贪小便宜，我一直都记住的。"

孟老师看着章志文掌心中的二十仙，她的手停在了半空中。

岁月的眼睛

三十年后，当年和何子明分手的那一天突然清晰地出现在李菊如的脑海里："菊如，谢谢你。"何子明诚恳地说，"我等一下就搬出去。"

李菊如相信他是真心的，因为这件事也拖得太久了，算一算，有三年多吧，读一个学士也不外这样长的时间。李菊如在这个时候清醒地明白自己的愚蠢，居然把宝贵的时光随便花在死死地纠缠一个男人不放上，而且是一个已经不爱她的男人。

真是没有志气，她对自己苦笑。

"不必道谢。"她冷冷地说，三年抗战，终于让她清楚，世界上没有谁会失去谁便活不下去的。时间是良药，再苦也可以逐渐淡化。

当时一听到何子明建议分开，李菊如只觉得在晴天里打了个响雷，无法接受。霎时的反应是，太没面子，何子明太过分。无论怎么样都不要让他得逞。

就在进行拉锯战的时候，每天在思想里极力丑化何子明，想起往事也把他所有的缺点都像倒在水上的油，浮在最上面，清楚地看见，不让它们有一隙逃遁的机会。

要是何子明一个优点都没有，李菊如怎么会对他产生一段情呢？

不过是不愿意承认罢了。一切都是因为，先开口提起要分手的人是他，就是这一口气吞不下。

李菊如完全没有想过，何子明其实可以一声也不出，就悄悄地走开。如果他真是这么无情，沮丧的她又能够怎么样呢？最后不也只好把苦涩的现实接收过来，把哀郁的怆痛包扎起来。

"我走了，有什么事，需要我帮忙的话，一定要打电话给我。"何子明紧紧地握着李菊如的手。

李菊如面无表情地看着他那熟悉而陌生的背影渐渐远去了。

每一段感情的开始，都充满美好的期盼和憧憬，没有人想过，到了最后会不会变成丑陋不堪。因为谁都不知道，故事的尽头究竟是如何收场。

他们已经到了谈婚论嫁的程度，实在想不到会有意外的风波。

"婚后妈妈一定要和我们住。"试婚纱的那天，何子明说。

"啊，"李菊如张嘴，对着镜子看衣着美丽的新娘，对何子明的言谈没有放在心上，只是坚持，"不，我不习惯伺候老人家，恐怕会讨不了她的欢心。"

"妈妈很好相处的。"何子明不妥协的立场也很分明，"况且我也不放心让她老人家单独一个人住。"

这样一件看起来仿佛非常简单易办的事项，两个人却各自站在河的对岸各说各话，而且都不让，没有人要走过对岸。

离开婚纱店后，两个人的婚期搁浅了。

虽然嘴里不说，李菊如心想："我就是要得到答案，是我重要还是他妈妈重要。"

何子明却是另一番心思："爱屋及乌也做不到的话，是真爱吗？"

往后没有继续争执，但是，同居一屋，每天见面，双方都感觉到热情在渐渐地冷却下去，感情犹如一颗搁在阴暗的角落的大石头，不见阳光久了，生出斑驳的青苔。何子明不但没有再提结婚的事，反而建议："也许应当分开一阵子，让彼此冷静一下。"

这个建议听起来非常理性，对李菊如却是深刻的伤害。因此一拖再拖，她就是不愿意和何子明分手。

只不过，后来，后来也就男婚女嫁各不相干了。

现在回忆起来，舍不得和他分手的最大原因，是由于他是一个好人。

三十年后的今天，独生子刘家良回来对她说："妈妈，我要结婚了，不过，春丽说不习惯和老人家一起住，所以希望你能够谅解。"

岁月仿佛有一双眼睛在望着世事的流转，李菊如真希望刘家良是何子明的儿子，遗传了何子明的善良和孝顺。

吃番茄和喝花茶的女人

"我从来不爱吃番茄。"她说。用一把冷冽的发着光的小刀切着砧板上的番茄。

"干吗买？"我手上有一杯茉莉花茶，啜一下我才问。

"我爱的是它的颜色。"她在小篮子里拿起另一只红彤彤的番茄，"那么漂亮，看见就忍不住。"

我一口一口啜着茶。想起有一个人说过："最不会喝茶的人喝花茶。"

他语气不屑。所以我每一次喝茶不是选茉莉就是菊花茶。

做个不会喝茶的人，无妨。

"那你太容易情不自禁了。"我对她摇摇头，"伤害的常常会是自己。"

"没有关系。伤害久了，不会痛。"她笑，表情有点累。

炉上的水壶哗哗地叫起来，我走过去把热水冲进茶壶里。一阵香味飘上来，有人说那味道像他家里的印度钟点女佣。

"要不要？"我倒一杯茶给自己，然后问她。

"那么香，怎么入口？"她回问我，告诉我，"香是留着嗅的。"

"香味留着，嗅着会溶解了我，为了不要受到此种干扰，所以我喝了它。"我与她说明我喝花茶的原因。

"不不，颜色才能够解放人。我不吃番茄，但是我画番茄。我爱它的红色，像黄昏的天空，像心在滴血。"她将黄昏和心连在一起，她心里的太阳快下山了吗？

"你的下一个画展已经准备好了吗？"我闻着茶的味道，舍不得喝它。

"画展其实不能代表什么。这个时代，牺牲一点个人的尊严，道德的问题不让它成为心上的困扰，于是，就会有一个画展又一个画展，而且成绩优良。"她用力地洗着手上的番茄，像要洗白它一般。

人们思慕的是什么？名气吗？金钱吗？灵魂吗？要用什么去换取？失落的回不回得来？是不是重要？苍白的是名字还是精神？悲伤被逼包装，精致的，却往往缺了一角，像一个送不出去的礼物。

我低头，沉思常常在沉思的问题。明知道答案，但是人们时常做自己不想做的事，就是做不了自己。

"你的书呢？不是说今年要出版三本吗？"她一刀刀小心地把番茄又切成小块，放进盘里。

听到我的书，我的胃里仿佛有不消化的食物。为什么一直在写，这只不过是说明我的日子过得不快乐。为什么要把不快乐结集起来提供焚烧时的方便？成为一个小说家和写小说是两回事，出书和当作家也一样，有人出过很多书，但是只有他自己以为他是作家，有人写了很多作品，没有人承认他是作家。但是，站在河边看流水潺潺的人都是心里有许多说不出口的哀伤的。河水不会知道，它只是向下流去，不停地不停地，时间和它一起走。

"别提书了。"我怎么可以被欲望吸引？欲望是个永远成功的阴谋家，当它要害一个人时，不会不得逞的。

"也别提画了，当你要某样东西时，你就要放弃一样别的，这样才能保持人生天平上的平衡。"我们好像一头野兽，懂得如何保卫自己，但是，我们在人生丛林里遇到选择时，手上提着的剑总是刺向自己的肉体。

没有谁是没有受伤的，我们都是挣扎着的动物。

她捧着一盘干净的番茄，坐下来，也不抬眼，问我："你吃不吃？"

"你不是最恨吃番茄的吗？"我不以为她是在说笑话。

"我一直画不好番茄，姐姐的女儿说，把它吃下去。"她一块块地吃，嘴角有几滴鲜红，像血一样地流下来。

我摇摇头，自顾喝我的花茶，咕咕咕地，像茶里有小说一样。

话匣子

精品店里摆卖的东西都非常漂亮雅致。

"看了好喜欢。"曾素媚微笑地和陪她一起来的何丽雯说，"几乎每一个都那么好看。"

她说的是眼前那些设计新颖、雕刻精细的小匣子，想象着里边收藏着一个个不同的但华美而醉人的梦。

何丽雯颇有同感："真的是，看了果然叫人眼花缭乱。"

"不知道要选哪一个。"曾素媚小心地摸了这个又抚了那个。

包着透明塑料薄纸的小匣子，沉默地排列在干净的架子上，等待被人喜爱。她们已经在精品店走了三圈。何丽雯没有买东西，她只是听见曾素媚提起要到这里来，下班后刚好没事，跟着来当观光客。这时她已经有点倦意，便建议道："就看你是买来做什么用的。"

"想收点东西。"曾素媚打开其中一个雕工精美的木制小匣子，有一阵清淡的香味飘出来："啊！味道真好。"

"是啊！就这个吧！"何丽雯赶快替她做决定："匣子是檀香木做的吧？"

天快暗了，刚才走过来的时候，像要下雨。何丽雯不愿意再耗时间，反正不是她出钱，曾素媚买到好或者不好的东西，都与她无关。

"这匣子不错，淡淡的木头色。"何丽雯在找优点。

正好说到曾素媚的心里："我就喜欢它的淡，绚丽或者璀璨，都不耐看。"

木雕的淡色匣子，放在曾素媚的床边，本来说是要收藏一些东西的，但里头却空空的什么都没有，不过那盖子是时刻都合上的，还加了一把小锁头。

出来工作两年多，曾素媚已经明白社会和学校的差别。单纯和复杂是不能够画上等号的，单纯的人要在复杂的社会上行走，有很多困难等待被克服。

尤其在人性的丛林中，要了解一个人，不比喝一杯水。许多看起来和气善良的人，在涉及有关利益的斗争时，出卖是理所当然的行为。

每天晚上，曾素媚都把精致漂亮的匣子打开，把所有心里的话都吐在里边，像一个人吃不下东西，全都呕在盆里，然后用水冲掉。而她说完话则把匣子盖上，并且还装了个看起来稳固但不相称的锁头。

临睡前，她总要探看一下，锁头锁上没有？

甚至用手探测一下，才能安心睡觉。

何丽雯有一次问起："上回你买的那个匣子呢？收藏了什么？"

她顾左右而言他，因为何丽雯这个名字也被她收藏在里边了。

一个漂亮的话匣子。但她非常担心被人偷走，万一打开来，无论谁听到那些话语，都会对优雅秀气的她改观。

她有时做梦，会听到她的话，从匣子里边跑出来，都是一些骂人、气怒和埋怨的话。

在这个时候，房间的空气里似乎氤氲着一种不太好闻的气味，那并不是匣子原来的清清檀香味。

同情弱者

　　钱太太对钱先生在金钱上的控制是很出名的。意思就是身边所有的亲戚朋友，包括邻居都听说了。

　　钱先生每个月的薪水完全交给钱太太，然后每天再向钱太太领取零用钱。

　　老朋友，也是邻居的何太太不以为然："钱太太，这样不太好吧？"

　　"哎呀，你不知道啦，何太太，钱先生不懂得计算，他花钱又很大方，要是裤袋里有几百元，他也能够有办法在一天内花个精光。"钱太太边说边叹气，"我也是没有法子呀。我不替钱先生计算的话，我们今天还得向人租房住呢！"

　　现在钱家的房子是自己贷款购买的。钱太太时常跟大家提起她的功劳最大。

　　"钱先生在公司里是管账的，怎么会不懂计算呢？"何太太奇怪。"况且，你也太严格了一点吧？"何太太还是不赞成钱太太的这种行为。"你把钱给钱先生，就让他花好了，不要每天在回家后还得要他向你报告这几元钱花在搭车，那几块钱用在吃饭，钱太太，这让钱先生太伤脑筋了吧？"

这对钱先生压力也太大了！可是何太太不好意思再强调，恐怕钱太太有误会。

"我才是伤脑筋呢！"钱太太唉声叹气，"我不这样帮他掌管他的钱呀，他能存钱吗？这栋房子就是这样一分一分地存下来买的呀！"说着说着，钱太太又提起自己的功劳。

何太太再也不能多说什么了，毕竟这是人家的家事，夫妻两人之间的事情尤其敏感，她一个外人，说得太多只怕钱太太问一声："关你什么事呢，何太太？"那就叫她无话可回答了。

对这种日子，钱先生早已安之若素。他每天下班回家，一定递上一张账单，上面书明："早上搭车××元、午餐××元、水果××元、香烟××元、回家搭车××元。"

周末和假日有时钱先生的朋友会找上门来，钱太太在钱先生陪朋友去吃饭的时候，一定不忘记交代他："等一下吃完饭，你别急着去结账，纵使是叫结账的时候，也得在朋友面前，让他清楚地看到，说不定他就掏钱出来，那你就让他去付钱好了，反正，朋友嘛，谁请谁还不都是一样吗？"

钱先生老是一边听一边点头。

钱太太非常满意地笑了。

尤其是当她看到钱先生开给她的账单里没有这一条数目的时候，她更开心："钱不是容易赚的，节省最重要。"

钱先生从来没有反对的话，他回答太太的话总是："对，对，你说得对。"

因此当何先生对何太太说"今天午餐又是让钱先生请客，真不好意思"时，何太太不相信："真的吗？钱先生会有多余的钱请客吗？"

何先生奇怪："钱先生怎么会没有钱？他做账的经验很丰富，很多人都争着请他帮忙，每个月他除了正常的薪水，还有其他外快，可多着呢！"

"哦。"何太太这才明白。

何先生说完，还加上一句："你可别去告诉钱太太呀。"

何太太摇头笑："我才没有那么闲空。"

后来她才知道，原来晓得钱先生自己存私房钱的事，不只她一人，只是没有人向钱太太揭露这个秘密。

"为什么？"她问何先生，"大家不都是朋友吗？"

"你不以为弱者是值得同情的吗？"何先生说。

命定

　　刘洁莹看着布置优雅的客厅，收拾得很干净，书架上有瓶花，壁上挂着山水画和书法，令房子增添了雅致气息和浓浓的书香味。

　　"请坐。"王凤把她引到书桌前，让她先坐下。

　　在开始之前，他问："陈太太，是谁介绍你来的？"

　　他的微笑很令人安心，她来之前的戒备消失了。"是我的先生。"

　　"哦。"他从抽屉中拿出笔和纸，放在桌子上。

　　"我先生告诉我，他的几个朋友来过，都很准。"

　　"关于算命，我想，最重要的是你要先相信。"王凤边说边做个要把纸和笔收起来的姿态。"陈太太，如果你不信，那么你就不用看。"

　　"我相信。"刘洁莹迫不及待地回答。这一段日子，做什么都不顺心，身体也不好，她实在烦不胜烦。上个星期陈明志与她谈起王凤，她听过后原想马上就要找他，但是，陈明志却说王凤不是普通的相命师，相信他的人很多，而他一天只看三个人，要见他必须提早预约。

"好。"王凤的微笑有一种说服力。"你要知道什么？"

她想一下："问运气吧，或者前程也可以。"

王凤没有多话，直接就问："你的生时日月是什么时候？"

刘洁莹一边说，王凤一边写，写完后，他对着纸张，拗手指，念念有词，又在纸上写了一些刘洁莹探头看着却不明白的字，然后闭上眼睛想了很久，又注视纸上他写的字，然后他迟疑地问："陈太太，你要听老实话，还是要听好听的话？"

刘洁莹稍稍感到害怕，但她仍然选择："当然要听真话。"

"你的家里，阳气太重，对你有不良的影响。"王凤慎重地说道。

刘洁莹不明白："什么叫作阳气太重？"

"你一家人，都是男性，只有你一个女的，男属阳，女属阴，阳气太重。"

"那怎么办？"刘洁莹的恐惧明白地摆在脸上。

王凤没有回答，继续说："还有……"

她紧张了："还有什么？"

"你命中注定要做大婆。"王凤严肃地说。

"做大婆？"她不明。

"是的。"王凤点头，"你先生会娶小老婆。"

"什么？"一碗饭要两个人合着吃？这是刘洁莹最不能忍受的。

"你先不要生气。"王凤的口气有安慰的意味。"陈太太，你的八字，阳刚气太重，如果你不让家里多一个女人，最先伤害到的人，还是你。"

"难道你叫我开口叫我先生多娶一个女人吗？"刘洁莹问。

"这是命中注定的，所以那个女人自然会上门来。"王凤说得云淡风轻。

刘洁莹非常不高兴："如果我不答应呢？"

王凤劝告："那么你将会是首个受伤害者，接下来是你小儿子，二儿子，大儿子，被伤害的人先从女性然后从最弱小者开始。"

刘洁莹的脸色沉重，不出声。

"对！"刘洁莹想起来，"我听人家说，命可以改的呀！"

王凤摇头："你错了，陈太太，命是不可以改的。那些骗人的相士，说可以改，是为了要骗钱呀。他们与你改，要拿五千八千，但是，一定改得来吗？没有保证的。"这一番话叫刘洁莹更相信王凤的清高和真诚。"谢谢你，谢谢你。"

她付钱，认命地回去了。

"陈先生，"望着她远去的背影，王凤在电话里说，"你的太太刚刚来过了，我按照你教我的话同她说了。"

　　"好。"陈明志高兴地笑，"等一下我就把另一半的钱付给你。"

左脚右脚

几个朋友边喝酒，边天南地北地聊天，不知道是谁讲到穿衣服，小李突然冒出一句："喂，老刘，你穿裤子时，是先进左脚还是右脚？"

非常简单的，平常根本没有去思考也不会去想到的问题。

有人说自己是先进左脚，有人说自己先进右脚，说着，大家笑骂小李真有够无聊。

没有人注意老刘是否回答了问题。

一顿夜宵吃下来，回去的时候已经很迟了，老刘洗过澡，正要穿上裤子时，倏地想起小李刚刚提出的问题。

先穿左脚还是右脚？

应该先穿左脚，或者应该先套右脚？

老刘手上拎着一条裤子，对着它皱起眉来。

想了一下，他先把右脚穿进去，然后再穿左脚。

他在房间里走一圈，感觉好像不太对，最近由于天天吃夜宵，每一回吃都要喝一瓶酒，肚子似乎多了些赘肉，裤子穿起来不太舒服。

于是，他把裤子脱下来，甩了甩，想想，把左脚先套进裤里，再穿右脚。

这一次，他特意不去想，马上爬上床去。

平躺在软软的床上，脸孔朝向天花板，一双手放在肚脐上，做深呼吸。

从前他听过一个练气功的朋友对他说过："要是你睡不着觉，不用数羊或者吃安眠药，只要把手搁在肚脐上，然后做深呼吸，等到你的呼吸一均匀，自然就会入睡。"

他长长地吸一口气，又缓缓地吐出一口气。他曾经做过试验，在他睡不成眠的夜晚，果然有良好的效果。但是这样重复的呼吸动作却对他今晚的失眠毫无帮助。

把身体转向左边，抱着抱枕，闭上眼睛，他叫自己什么都不要想。

不但不能入睡，居然还有呼吸困难的趋势，于是，他将身子侧向右边。

凉凉的夜风徐徐地吹过来，昨天晚上他就是面向窗口睡去的，其实大多数的夜晚他都是用这个姿势入眠的。他喜欢有自然的风对着他吹，遇到花开的季节，还有微微的花香味被风带进房里来。

他深深地吸了一口气，嗅不到花的香味，不禁生出略略失望的感觉，一抬头，便看见天上的月亮。月亮太亮了，他吸了一口气，有点刺眼，照得他睡不着觉。

他起床，斜斜地倚着床坐了一会儿，终于站起来，把裤子又脱下来，看着手上的裤子，考虑很久，他将裤子丢在地上，才躺下来。

第二天，在公司里，老王见到他，稍稍惊奇地问："老刘，你怎么啦，精神不振的样子。"

他拉扯着臀部被束得过紧的裤子，疲惫不堪的神色明显，连说话也有气无力，不但没有回答老王的问题，反而向老王提出一个疑问："老王，你穿裤子的时候，是先进左脚还是右脚？"

老王搔搔头，想一下："我？咦，我怎么从来没有想过这一点？"

他仍然得不到他想要知道的答案。但是他听到老王一整天都精神恍惚地对自己问："是先进左脚还是右脚？"

克莱蒂亚

远远地，从玻璃门看见罗世丰走过来，张玫瑜连忙含着微笑迎上前。

罗世丰还没开口，张玫瑜已经知道他会要什么。

早上一到店里，她预先在一大丛鲜花当中，挑出最绚美最亮丽的几株向日葵。

星期一是所有上班族感觉懊恼的日子。根据调查报告，沮丧而烦躁是大部分上班族群的星期一心情。但是，张玫瑜恰好相反，每个星期一，她都非常兴奋，因为一个星期里头，只有这一天，她可以看见罗世丰，而且他总是她最早的顾客。

"我要一束花。"罗世丰说，果然不出张玫瑜所料："向日葵，和以前一样。"

他把一张写着地址的纸条递给张玫瑜："你帮我送过去。"

"好。"张玫瑜点头。

"谢谢。"他一贯文质彬彬，礼貌周全。

望着罗世丰的背影，张玫瑜把希望又放在下个星期一。

就是这样，每个星期一，说的永远是同样的几句话，但已经带给张玫瑜很大的快乐。

星期六下午，张玫瑜正忙着插一盆老顾客电话订购的玫瑰花，突然听到门被推开的叮当声。

她刻意挂了一个风铃在近玻璃门的天花板，算准了门一开，门框碰到风铃，就会有一阵悦耳的叮铃声。

看到低头走进来的罗世丰，张玫瑜略感惊讶。

"咦？"她心里在思忖："今天不是星期一呀。"

然而她依旧满心喜悦地站起来，对罗世丰露出她惊喜的微笑："今天——"

脸色忧郁的罗世丰有点腼腆，垂头丧气："啊！我只是来告诉你，星期一不必再为我准备向日葵了。"

躲在这句话背后的意思，张玫瑜非常清楚，但她的直接反应冲口而出："为什么？"

本来只是来交代一声的罗世丰突然像遇到老朋友一样地对张玫瑜说："她，她根本不把我放在心上。"

"你——你坐呀。"张玫瑜把身上的围裙脱下，然后洗手，"如果你不赶时间的话。"

罗世丰真的坐下来，先叹气再开口："你听过克莱蒂亚的故事吗？"

"什么？"张玫瑜不明白。

"在希腊神话中，有一个少女爱上太阳神，可是太阳神不爱她。她每天坐在门外，看着在空中旅行的太阳神，她的脸和眼睛随着他转动，最后，她终于变成向日葵。"罗世丰说，"我才刚刚听同事谈起这个故事。"

张玫瑜明白罗世丰只是在找一个可以让他倾诉心事的人，而她在无意中，正巧扮演了这样一个角色。

"这个单恋的少女名叫克莱蒂亚。"罗世丰痛苦地说，"一开始不该送她向日葵，结果我成了她的克莱蒂亚。"

沉默无言地听罗世丰讲故事，张玫瑜没有回答，但她在心里凄怨而惆怅地说："我，正是你的克莱蒂亚。"

过去的影片

自从分别的那一天开始，她就对重逢充满了幻想。

有时候她怀疑自己当年是为了想要享受重逢的那份喜悦而先开口和他说分手。

她曾经在一本杂志里头看到一篇对爱情的调查报告。那篇纪实文章非常清楚地记录着：热烈的爱情的确像花一样，会随着时光的流逝，逐日渐渐凋零枯萎，最后能够把一对男女长久地维系在一起的，不一定是爱情，更大部分只是感情或者是道义上的责任。

拥有热烈爱情的最长期限是三年。不论如何热恋，过了三年以后，彼此都像打开的香水，原本浓馥的味道在空气中缓缓蒸发，最终便失去强烈的爱情感觉。

他们正是谈了三年的恋爱后才分手的。她已经忘记，是看过这份爱情报告才提出分手的建议，或者是分开以后她才在无意中阅读到这篇文章。

但是，现在都已经不重要了。

屡屡在她脑海中浮游徘徊不去的，是他在听到她的分手建议时的愕然和悲伤。

这是她第一次看见男人的眼泪。之前，她一直以为男人都是不流泪的。

老实说，那眼泪令她震惊，一丝懊悔游过心中，但是，她狠硬着心肠，不接受他哀怨的请求。

"你不要这样……"他边掉泪边恳求，"你知道，我爱你。"

"但是……"她的犹豫也不是假的，"爱情是要双方情投意合，我觉得我们有很多不同点，比如性格、价值观，我认为我们还是分开比较好。"

"你怎么能够……"他不相信她如此坚持，如此冷漠，"我已经开始在筹备婚礼，大家都知道我们是一对情侣……"

他的优点不少，在一起三年，她当然清楚。但是，人生那么短暂，那么难得，她不愿意自己在青春尚未过去，在还没有经历过人生的起伏跌落时，就这样平淡无奇地接受一个男人的束缚，躲在静好的小圈圈里无风无浪地过完一生。

单只这样想，她就已经打了一个寒战。她不甘心自己和平凡女人过同样的日子。

突然像惊醒一般，他眼睛睁得圆圆地瞪着她："莫非你有了新的男朋友？"

男人并不愿意把自己在感情上遭到失败的因素归咎给另

一个男人的出现，但是他们却老是怀疑这才是失败的真正理由。

她摇头，没有开口解释，因为她知道，老实可靠的他不会明白。

她暗自在心中期待一场轰轰烈烈、惊心动魄的恋爱。

一生至少要有一个那样让她刻骨铭心、永远不能忘记的恋爱，才算是完整的一生。

看着他垂头丧气地对着桌上的咖啡发呆，她站起来，有点犹豫，带点迟疑，脚步趔趄地，离开了他。

"我永远爱你。"他在她走后，继续努力表现他对她的痴心，"一生一世不会忘记。"

她相信他的痴情，但她在他挣扎不已的时候，选择了放弃。

也是因为这两句话，还有他的眼泪，至今仍然单身的她自国外回来以后，找到他的联络电话，约他见面。

粗糙的现实让她终于明白，世上没有惊心动魄也没有轰轰烈烈，却可以难以忘记。

她刻意约在这里重相聚，因为是当初谈分手的地方。

经过岁月的磨蚀，他对她的感情也许略为褪色，但绝对不会消失。

她充满自信地微笑，然后她就看见他走进来了。

噙在嘴角那灿烂的笑，像贴在山头的绚丽夕阳，一寸一寸地隐没。

依旧英俊挺拔的他，牵着美丽的太太，还有可爱的儿子一起朝着措手不及的她走来。

这是一个非常大的意外，她气恨自己，为什么从来没有想过，他已经结了婚。她也对那个把他电话给她的朋友产生愤怒，朋友没有把他成家的消息传达给她。

在这个错愕的时刻，一个作家讲过的话突兀地跳到她脑海里："重逢带来永远的再见。"

原来有一些假设永远不会成真。

原来可以重逢的是人，并不是彼此间的爱情。

原来把过去的影片在今天重新播出，让人看见的是过时、落伍和可笑。

没脸的人

　　我和任世雄约好在餐厅见面，本来打算一起吃晚饭，但他失约了。

　　我很奇怪。我当然很奇怪，因为这个约会是他提出来的，结果我在那儿足足等了半个小时，喝了一杯薄荷茶，就自己回去了。

　　一到家我就接到他的电话。

　　那时我心情不好，口气也就不好，谁等人等不到，心情都不会好的。

　　任世雄在电话里向我道歉："三媚，我不是故意要迟到——"

　　我不待他说完，就讽刺地问："塞车啦？车坏在半路？人太多走不进餐厅来？睡不醒？"

　　无论是什么理由，我都不会听的，一个人失约不过是由于他不重视你的约会。

他欲言又止："我……我……我找不到……"

"哦！"我还是不给他说话的机会，"找不到你的衣？找不到你的裤？找不到你的车？找不到路？找不到餐厅？找不到我？"

"不，不是。"他仍然咿咿哦哦，不好好把话说清楚。

"那你找不到什么？"我质问的口气是恶狠狠的不留情。

"我——我不能说。"他很为难。

"那你还打电话来做什么？"我气得把电话给摔了。

显然他是非常紧张，因为他又再打电话来。

"你来看我好不好？"他问我，语气是惊慌多过求情。

我非常奇怪："你怎么啦？病了？"

"是的。"他才说完，想了一下又说，"不是的。"

"你的头脑有毛病吗？"我实在受不了他的反复无常，看来他真的生病了。

"反正你来了就知道。"他不是不耐烦，而是心急。

他开门的时候，我看到他和平时根本没有两样，更加气愤，感觉自己上当了，可是，他一见到我，便迫不及待地问我："三媚，你看到我了吗？"

我把头转过去，不看他，他问的话太无聊。

他跟在我身边，叫我："三媚，你告诉我呀！"

我在沙发上坐下来："世雄，你不要与我开玩笑。"

他急得汗都流下来："三媚，你说给我听，你到底看到我了没有？"

我白他一眼，将脚翘在矮几上："你呢？你看到我了吗？"

"我看到你了。"他很认真地对我说，"但是，三媚，你老老实实地对我说，你究竟有没有看到我？"

我不喜欢他故作严重的姿态，面对着他吓他："任世雄，我没有看到你。"

"啊！"他惨叫，用手摸他的脸，"真的，你真的没有看到我？"

"是的。"我别转头，不看他。

"你知道了，你现在知道了。"他又慌又惧，"三媚，我刚刚要出门，去照一下镜子，找不到我的脸。"

他很害怕，双手捂住他的脸。

"找不到你的脸？"我不明白。

"我的脸——"他摸着他的脸。

"你的脸——"我看着他的脸。

和每次看到的一样，没有多一条皱纹，没有多一颗痣。

"其实最近我就发现了，我有的时候照镜子，看不见我的脸。"他悄声地对我说，带点诡异。

"你——你的脸不是好好的吗？"我不相信。

"可是你刚才不是说看不到我的脸吗？"他相信我。

"我骗你的。"我这时才与他说实话。

"不，不是的，你现在才是骗我。"他不相信我。

"我为什么要骗你？"我问他。

"我不知道，我什么都不知道，我连我——"他伤心，"我连我为什么会变成一个无脸的人都不知道。"

"你会没有脸？"我觉得很意外，他对我那么诚恳那样好，应该不会骗我。

"是的，有些时候，我突然变成一个没有脸的人。"他坚持。

"你现在不是有脸吗？"我告诉他。

"可是我刚刚就没有脸。"他悲惨地说。

我看到他那么伤心，终于说出老实话："你用不着那样担心，世雄，我有时候也和你一样，没有脸。"

"真的？"他张大嘴，瞪大眼。

"当然是真的，可能你不晓得，我有很多朋友都一样，在某些时候，他们都找不到自己的脸。"我曾经听过有几个朋友告诉我他们的心事。

"哦！原来有这样多的人都曾经或者有时候没有脸的！"他高兴起来。

人掉下水的时候，看见旁边也有人掉下去，虽然这样并不能救你起来，但是感觉会好过些，心安一点。

"走吧。"我站起来，"世雄，你吃不吃晚饭？"

"当然要吃。"他释然地微笑，"明天在公司的常年大会上，董事长将把我擢升为总经理的消息宣布出来。三媚，今晚让我们先庆祝一下。"

杯碎的声音

每次走过这间设在市区小路的茶坊，没有停下脚步，只是行过门口，李蕴红都会听到茶杯掉在地上，那清脆的碎裂的声音。

听到方正强的建议，李蕴红有点诧异："你说——去茶坊喝茶？"

"是的。"他的语气居然是肯定的。

虽然方正强有喝下午茶的习惯，但他一向不喜欢喝中国茶。因为当年在英国念大学的时候，他每天的下午茶，是加糖和添奶的红茶。

"加了砂糖和鲜奶的西洋红茶配杏仁蛋糕，不只香甜可口，而且具有提神作用。"方正强一边嚼着切片的杏仁蛋糕一边说。

皱着眉头，李蕴红用小匙舀着自己唤来的纯奶酪蛋糕："你不觉得杏仁有个怪味吗？"

她其实不喜欢红茶，也不喜欢杏仁，但她喜欢方正强。

"杏仁的可口正是在它特殊的香味。"他津津有味地吃着。

有时候李蕴红也有挫折感，因为爱，有些事不得不妥协。比如不爱红茶也勉强陪他去喝，但是对杏仁蛋糕，无论怎么样她都不想尝试。

正如方正强不愿意接受中国绿茶一样："有青草的味道，而且既不甜也不香，一点都不好喝。"

"但是中国茶可帮助消化，可去油，可降低胆固醇，很有药效哨！"她总不忘找机会试着游说他。

"你听过19世纪英国最伟大的政治家威廉·克莱斯顿写的《颂茶诗》吗？"他也时常在言谈间想影响李蕴红，"寒冷若你，茶将为之温暖；激愤若你，茶将为之安定；沮丧若你，茶将为之开怀；疲惫若你，茶将为之抚慰。"

"咦——"念完诗，他突然像发现了什么，大笑起来，"听起来，西洋茶也深具心理疗效呢！"

两个人相互努力去怂恿另一个人，而两个人却也都坚持自己的喜好，立场非常坚定，始终没有谁被谁说服，没有人为对方做出改变。

因此李蕴红听到方正强约她到茶坊，抑制不住内心的惊诧，并且以为自己听错了。

灿烂阳光被黯暗的厚片玻璃隔开了。幽静的茶坊里，有轻音乐在空气中流荡，声音是隐隐约约、若有似无，室内浮游着一种悠闲的意味。

"碧螺春。"李蕴红稍稍兴奋地点了自己喜欢的茶叶。

这是一个意外，她做梦也没想到方正强愿意选择到茶坊来喝中国茶。

"啊，对不起，没问你的意见。"她向他道歉，"碧螺春可以吗？"

耸耸肩，方正强无动于衷："都一样。"

对他来说，中国茶就是中国茶，是哪一种皆毫无分别。

雀跃的心情流露在李蕴红脸上："我实在非常高兴……"

认识方正强一年多，她明白他的固执。

她也不是一个容易妥协的人，正因如此，李蕴红才为他的低头而感动。

"其实中国茶是很好的。"过于开心，反而说不出话来。

"我也同意。"方正强淡淡地说，"但我还是不喜欢。"

因为爱，一些陈旧的秩序将要被打破了，对爱情充满幻想的李蕴红愈发激动。方正强仍旧不喜欢，但他愿意牺牲自己的喜好来讨好她。

原来被包涵纵容地爱着的感觉是如此幸福美好。

"或者我们一个星期喝一次中国茶就够了。"

她觉得自己也应该表示自己的诚意，笑意盎然地："明天下午，我们去花茶之室喝西洋茶。"

茶坊的小姐捧来一壶碧螺春。

李蕴红兴致勃勃并且温柔地边倒茶边说："好香。"

保持沉默的方正强一直没有开口，只是在仓促间就要把茶喝了。

"小心，很烫！"李蕴红赶紧警告他。

"啊！"方正强果然烫着了。

一向喜欢喝热茶的李蕴红，也没等凉些就把茶杯端起来。

这时方正强吞吞吐吐，略带艰难地透露："我最近，认识了一个，喜欢喝西洋茶的女孩子。"

拒绝的话不过是一个短句，但他分了三段，才把一句话讲完。

"啊！"她被溢出来的茶水烫伤了，张皇惊措间，还没意识到忧伤和痛楚，一失手，白底蓝花的茶杯坠落在地上，碎了。

他们是在离开茶坊以后分的手。

有很长一段时期，她甚至不敢走过这条市区的小路。

因为她担心会把店里的茶杯全都打碎了。

每次走过这间设在市区小路的茶坊，没有停下脚步，只是行过门口，她都会听到茶杯掉在地上那清脆的碎裂的声音。

盘根的大树

　　汪百合看见方中明的眼睛里露出狐疑的神采："你……你是汪百合？"

　　自信的微笑在汪百合的唇边漾开来："是的，我是。"

　　"真的是你，汪百合？"方中明仍然不相信。

　　眼前的汪百合和三年前的那个汪百合，变得完全不一样。

　　"真的是我呀！"汪百合的笑容里有得意有愉悦。

　　"怎么可能呢？"方中明喃喃自语。

　　"什么事情都有可能发生的，是不是？"汪百合问。

　　"你变了。"方中明难以置信地说。

　　"时间过去，谁都会变的。"汪百合说的是事实。

　　"可是，你变得那么漂亮！"方中明忍不住说出来。

　　"谢谢。"汪百合非常高兴。

　　遇见旧人，最开心最中听的话应该就是这一句。

其实方中明没有夸张，三年前的汪百合，又胖又高大，不会打扮不会化妆，还戴一副过时的塑胶大框眼镜，没有男人会注意她。

就因为如此，家里的长辈很替她担心，所以就为她安排了相亲。

相亲的对象，正是方中明。

虽然有生活经验的人都说："外表不重要，最要紧的是内在美。"

这句话说起来好听，而且也是事实，然而，年轻人，谁会在意内在美？况且内在美是看不到的，外貌的漂亮却非常直接。因此，当方中明一看见汪百合时，他不只是看不上眼，还暗暗在心里对介绍他来的人感到气愤："这种人也带来与我相亲？这不是看不起我吗？"

他一点兴趣也没有。

结果不了了之，没有下文。

他没有继续约会汪百合："像棵大树的女人，谁愿意跟她在一起？"

他的口气轻蔑，也不理有没有人听到。

可是，眼前的汪百合，高挑苗条的模特儿身材，细细的腰，衬得胸是胸、臀是臀，脸上的妆容雅淡细致，浅浅的米色上衣，是丝的吧，贴身低领，配一件深靛的窄裙子，短短的，把两条圆润修长的腿露在外边，非常好看。她眼睛水汪汪的，应该是戴了隐形眼镜，笑眯眯的眼神，挺直的鼻子，往上微翘的红唇厚厚的，很性感。

方中明在心中暗自后悔，当年他太缺乏慧眼了。

"你好吗？"汪百合问他。

"好，好。"他胡乱回答，因为他看见他的太太走过来了。

"结婚了吧？"汪百合揣测。

"是的。"方中明点头，太太正来到面前，他只好介绍给汪百合，"这是我太太。"

汪百合不能相信，当年方中明拒绝她的时候，传来的理由让她大哭了一场，然后下定决心去减肥。

眼前与她握手的方太太，又胖又高，站在方中明身边，像棵盘根的大树。

可笑的失眠

他从前不相信睡不着觉这回事。

一次有个朋友告诉他："我昨天晚上失眠了。"

他听过以后，大笑："怎么可能呢？"

他认为朋友的日子一定是太无聊。世界上怎么有失眠这样的事呢？

一日复一日，他只觉得天天劳累得要死，疲倦得简直不是睡觉，而是扑倒在床上，即刻昏过去了。

每天晚上，一躺在床上，有时候甚至袜子也还没脱掉，或是脱剩一边，他就入眠了。第二天早上，闹钟叫了又叫，他还不愿意离开被窝。

不得已到该下床的时候，他永远叨叨念念，舍不得那张温暖舒服的床。

失眠对他完全陌生，距离他很远。

因此，有一个晚上，当他发现，他躺在床上，身体向左转，觉得窗外那轮圆月的光太刺眼；于是他改向右转，对着墙壁上的钟，那嘀答嘀答的声音不知道为什么变得刺耳起来，吵得他心里很烦。

后来他就想到，一定是因为换了新的枕头，不习惯，于是爬起来，把刚换下来被他抛在床边地上的旧枕头拿了回来。

身体一再地转过来又转过去，对睡眠仍然毫无帮助。

也许是隔壁家的那只猫，他怀疑。

一直在叫，从他刚上床就不停地像呻吟又像痛苦又像舒服，搞不清楚那种语调究竟在表示什么，反正就是搞得他睡不下。

无法入眠的时候，白天的许多事，本来被压制在心的最底下，不动不移的，全趁机——浮游上来。

脑海一片混乱。原来这些年来发生了那么多事情，公司里的人事，生意上的战斗，亲戚朋友的心事，自己的私事，绞在一起。

它们出现又隐去，隐去又浮现。

那么多，那么多事，全都没法解决。什么时候所有的事情都变得那样复杂起来的？

他叹气。

最好能够把它们都打成一包，丢掉。

唯有如此才睡得着吧？

他想收拾，却紊乱不堪，不知从何下手。

第二天，他布满红丝的眼睛让人看出来了。

"怎么啦？你的眼睛。"

"昨天晚上我失眠了。"他说。

"怎么可能呢？"朋友大笑，"从来没有听说过睡不着这种事的。"

朋友告诉他："我一躺下去，头一靠到枕头，马上入眠。"

他非常羡慕。

好日子恐怕是一去不回头了。

他苦笑，听到朋友说："真好笑，失眠？"

他看到朋友咧嘴："哈哈哈！今天听到一个大笑话。"

实力

　　这话是由宅心仁厚的小李转告过来的："小刘，你这样做实在不太好，明明这一回的奖金是轮到老郭拿的，你也晓得他急着要这一笔钱来周转。可是，偏偏在最后一天，你的业绩多了他的一分，只不过是多做一百多块，你就把他到手的奖金拿了去！"

　　"我不好？"小刘冷哼一声，"他自己技不如人，还说什么？公司里定的规则，谁做得最多，累积的分数最高，奖金就归谁嘛。"

　　"是啦，不过，这个月老郭与大家打过招呼的了，他这两年来，就是这回干得最漂亮，好不容易得了高分，你却只多他一百多块钱就让他前功尽弃，也未免太残忍了！"小李下的评语让小刘听着刺耳。

　　小刘非常不高兴："你这算什么话呀？跑业务看个人的本事，有本事就做得多，没本事是自己差，应该怪的是自己，不要埋怨别人。"

"不能怪老郭生气，他太太这个月要生产，等着用钱哪！"小李替老郭解释。

这时，公司里唯恐天下不乱的老林插嘴："等钱用？等钱用他不会更努力吗？小刘勤快得奖是理所当然，小李你也真多事。"

小刘拿了奖金，请公司里的同事去喝酒，喝得多的人，当然要替他说话的。

"大家都是同事嘛，是不是？能帮忙便伸出援手，何必让人绝了后路？"小李虽然爱说话，心地倒是不坏的。

老林仍然站在小刘的这一边："这没有什么帮不帮的，各人跑各人的，谁跑得多谁得奖金，很公平呀！"

小刘听到有人帮腔，很大声了："就是嘛，凭的是各自的实力，我没有特意要与老郭争呀！"

小李不出声，只是摇摇头。

"对，大家都凭实力。"老林同意地点头，接着又多了一句，"老郭还气得到处骂你呢。"

"骂谁？你说老郭骂谁？"小刘心里有鬼，明知道说的是谁。

"老林，你少多嘴。"小李怕同事吵架。

"我哪有多嘴？"老林还刻意渲染，"这是大家都知道的事实，难道是我自己说的吗？老郭见到人就把小刘骂扁了！"

"骂我？"小刘心里很不爽快，谁要给人骂都是不爽快的，"他干吗骂我？"

"他就是不甘愿那笔奖金啰！"老林作不屑的脸孔，好像自己不爱钱似的。

"骂我什么？他骂我什么？"小刘不是好奇，而是发怒。

"他骂你不是人，骂你没有同情心，骂你见钱眼开。"老林每一句都清楚地告诉小刘。

"他妈的！"小刘忍不住也破口大骂，"他自己无能，还要别人跟他一样差劲，那我们的公司不是要倒闭？"

小李看不惯老林如此不厚道，这样挑拨离间的最后结果是破坏同事间的和谐关系，对大家都没有益处呀。他语重心长地说："老林，你少说几句吧。"

"我是少说两句了呀！"老林不高兴小李说他，"老郭还有的话更难听，我都没说出来哩！"

"哼！"小刘怒气腾腾，"别让我看到他！"

他话犹未完，老郭便走进来。小刘愤愤地瞪他，谁知老郭一句话也不说，伸手就往小刘的脸上挥一拳，小刘的眼睛上马上出现一个黑眼圈。

宠爱的包子

她特别喜欢吃包子。

朋友们都知道，因为一起去吃点心的时候，她一定唤包子。

朋友问她为何，但她没有刻意去考究到底是从什么时候开始喜欢吃包子的？

好像小小的年纪，小学时代吧。一天爸爸买了个大包回来，叫她过来，说："快吃吧，弟弟和妹妹快要放学了。"

这么说来，竟是只买一个包子给她吃？

她充满意外和惊喜，把那个大包吃了。

咸的馅，有猪肉、香菇、腊肠和鸡蛋，非常可口，连松软的皮也那样好吃，她吃完了，舍不得去洗手。

后来，好像都没有吃过那样美味的包子。

渐渐地长大了，时常有吃包子的机会。物质不再贫瘠的年代，家里在爸爸生意越做越大以后，几乎每个星期都会去著名的点心店吃早点。

她被全家看成是傻的，因为点心有许多种类，都是小小的，饺子、烧卖、小笼包、肠粉、鱼丸等，她就是一定要吃个大包。"大包吃了一个，不就饱了，还吃什么点心？"全家都选择小小样的点心，可以吃多种味道。

她从不争辩，也不说明。

作为家中老大，还是女儿，很少有被宠溺的现象。有任何好东西，都要先分给作为老二的弟弟，他算是家中的大儿子。如果分了，还有剩余，就给家里最小的那个妹妹。接下去还有一个弟弟。

她一直有一种被忽略的感觉。

生活固然衣食不愁，然而，不能够成为家中受宠的孩子，使得她的笑容里永远收藏着一丝忧郁。

有一个雨天，没有打伞的她，下了车，淋着雨过马路。跑到对面，突然看见一个卖包的摊档。小贩正好掀开蒸笼，一阵热热的白烟袅袅地往上升去，一笼的包子在烟水汽里喷着可口的香味。本来没有饥饿感觉的她，马上有一种想要吃的感觉。

而且一定很好吃的想法非常强烈地冲进她的脑海里。

她不理还在下雨，躲进包子档口的大雨伞下："给我两个大包。"

手里握着热气腾腾的大包，生命如此温暖和美好。

那两个大包吃了两天。

四十岁以后，她对结婚失去期待和憧憬。一个人生活，吃饱穿暖不难，难度在于打开寂寞和孤独的束缚。包围在她身边的，一直是难以排遣的孤寂。

那天晚上，一个人吃一个大包，另一个收在冰箱里，作为隔天的早餐。

大包仍旧美味可口，过去的童年往事，像电影不断在她回忆里闪烁。她看着怀旧的电影，大包是电影里的主角。

有人宠爱的感觉真好。

无理的离婚

那天早上一切和往常一样。他下楼前先看一下卧室里的温度计，气温是29℃，他知道再过三个小时就会变成30~32℃。不过，当气温上升的时候，他无须担心着长袖衣打领带会流汗，那段时间他正多穿一件外套在办公室里，办公室的温度是18℃，空调制造出来的不自然温度，他已经习惯。

他习惯性地坐在餐桌边，一边看报纸一边等待太太给他弄早餐。早餐是牛奶一杯，冷的，面包两片，烤过，略焦，涂牛油，半熟鸡蛋一个，是菜园鸡的蛋，托隔壁家的亲戚购买的。那人住在离市区远一点的郊外，自己也养了一些鸡。太太时常重复告诉他，有人说到巴刹①买到冒充货，就是把

①巴刹：马来西亚语，指市场、集市。

74

新生鸡蛋，据说新生鸡蛋较小，当成菜园鸡蛋卖给不识货的人，菜园鸡蛋和普通蛋价格差一倍以上。当然，这些家庭小事都是他太太在处理，他根本不必理会。

不理会日子是怎么过的，新闻却还是挺关心的。虽然翻着报纸，新闻都是旧闻，天天不是凶杀案，就是抢劫案，不知道警察干什么去了，破案率奇低，结果造案人日益猖狂。再一看，股票又跌了，前天才涨那么一点点，重要人物在报纸电视各种媒体上异口同声呐喊我国经济越来越好，市场却是一片冷淡，毫无和政府合作的意愿及趋向。其实大家何尝不晓得靠说的并不可靠，市场表现才是最佳证明。

最佳证明的是他的胃口，每天早餐吃同样的东西，他却无所谓，他是一个什么都不挑剔的人。这时他嗅到烤面包的香味，太太把早餐拿过来。他面无表情，也没把报纸放下。每天他对着报纸吃早餐。

吃早餐对他而言只是吃早餐，和享受不享受皆没关系。他拿片面包和新闻一起在咀嚼，太太突然问："你知道我今天穿的什么衣服吗？"

什么衣服？他一时间会意不过来，太太在问什么？往常太太把他的早餐放下就到厨房或客厅去忙家务，从来没有向他提出什么问题。

什么问题也引发不起他的兴趣。"你说什么？"他这是自然反射下的结果，目光依旧对着报纸，瞧着头条新闻的图片说明。

图片说明往往一言中的，赛过长文中的千言万语。"你知道我今天穿的什么衣服吗？"这回他倒是听清楚了，诧异地把手上的报纸放下来，对着太太的衣服看了一眼。

看了一眼觉得这个问题完全没有意义。"你说什么？"他再次重复，并不打算回答，把视线投回眼前的报纸。

报纸上写着，你永远无法了解女人。现在他终于明白那些专家研究的报告确实有道理。吃过早餐，他就要赶到办公室去工作，他的太太在这个忙碌的节骨眼上问了一个愚蠢的问题。

愚蠢的问题无须多加理会。太太要是像他那样为工作忙得不可开交的话，也许不会胡思乱想。"我吃过早餐，就去上班。"他说，提醒太太他是个忙人。情绪化是所有女人的通病，他想太太也不例外。虽然这么长久以来，这样的事不曾发生。

发生的永远不会是新鲜事，这么些年来难道他还不知道。"我要跟你离婚。"太太好像在说着晚上几点回来吃饭那样平淡，但却轰的一声，他仿佛听到雷声隆隆。

雷声隆隆原来是他的幻想。他清醒了，但他吃惊了，这回他真正放下了手上的报纸，认真地注视起太太来。

注视太太时，才发现太太的眼梢有几丝淡淡的皱纹，却无损于她的美丽。不过他看不出她到底是真的假的，她的脸色非常平静。

平静令他安心地说："不要开玩笑了，我很忙。今天晚上我要吃排骨汤，还有清蒸红鱼。"然后他低下头吃他的半熟鸡蛋，把牛奶喝了，站起来，"我要去上班了。"

"我要去上班了，一切到此为止。"这是他语句背后的意思。

他语句背后的意思太太显然不明白，纠缠不清地继续说："我要跟你离婚。"

离婚是这样随便说说的吗？他不耐烦："够了啦你。"开玩笑也要选时间，他瞪太太一眼。太太很冷静，而且果断地告诉他："真的，我要跟你离婚。"

"离婚？"他恼怒，埋怨她，"为什么你这样烦？"其实他开始感觉到有点冷，他的心也已经开始一点一点在收缩，到底发生了什么事？

什么事让太太作出这样一个完全出乎他意料的决定？"离婚以后，你就不必烦了。"太太低声说。

低声说不表示退让，她的语气异常坚决。他实在意外，这日和平日没有两样，非常普通的一天，连气温，连早餐，都一模一样，为什么会听到这样一个晴天霹雳？

晴天霹雳是对他个人而言，太太像无事人似的，心平气和地宣布这个消息。

这个消息且令他的胃起了变化，他似乎要呕吐。"好吧。"

他怒气冲冲，"离婚就离婚。"他可不是一个认输的人。心里另有一个声音叫自己要冷静面对现实。

面对现实的他拿起公文包，冲到车里，开车出去的时候，速度奇快，像要把这件事摔到远远的地方，那就不是他的事了。然后才慢慢地回来，慢慢地把车子停下。

车子停在交通灯前，这个交通灯的红灯每次都亮很久，他时常等得不耐烦。今天真不幸，又给他遇到红灯。

红灯，今天真不幸。他想到自己的不幸，真的很不幸，大家都是照样在过日子，为什么他就这么多烦恼？生活不是好好的吗？突然他抱着方向盘哭了起来。

他哭了起来，一边想不通："到底我哪里做错了？"他自认是好丈夫，每天准时上班下班，每个月薪水全部交给太太，没有不良嗜好，最多是看报纸看电视，平日没事从不出门，那些同事相约去风花雪月的地方，他都推掉，他可是著名的标准好人！

标准好人遭受到离婚的命运。世界上有这样不公平的事？而且还是由太太先提起的离婚。离婚以后，人家会怎么看他呢？这些年来，他辛辛苦苦地工作，没有一天迟到，没有一天早退，他实实在在地做一个好人，难道他做错了吗？他在车上一直哭，绿灯都亮了，他还在哭，其他人的车子都超越他的车子，过去了。

开会的结果

这一天，刘志荣刚踏进办公室，同一个小组的郭素芳就对他说："小刘，早上九点开小组会议。"

"什么？"刘志荣哀叫一声，"又是开会？"

郭素芳耸耸肩，无奈地点头，"是呀，王经理说每个人都要出席。"

"我已经约了客户九点哪！"刘志荣看着手表说。

"那你赶快打电话去换时间呀！"郭素芳同他建议，并且还微笑地说，"我就知道我们王经理的习惯，所以早上从来不约客户见面的。"

"但是，陈先生是个大客户，而他通常下午都没空哪！"刘志荣略生气，他的计划被破坏了，况且这不但会影响他生意的营业额，还有名声呢！"这已经是第三次把陈先生的约会延期了。"

郭素芳是事不关己，己不关心地在说着风凉话："陈先生如果有心要与你做生意，他一定就会等你的。"

刘志荣着急："话不是那么说的，现在从事保险的人那样多，不把握机会，可能就让别人捷足先登了。"

他只能以叹息来抗议，唯一能够做的，仍然是把陈先生的约会再延期一次。

王经理最喜欢在会议开始前，把他在国外的儿女的近况向大家报告："我的儿子已经考到一个学位了，他不打算马上回国来，他喜欢读书，所以想继续攻读硕士。他真是有上进心的好孩子，有人说是我教育得好，我不这么想。不过，家庭教育的确有很大的影响，这一点是事实，谁都不能否认……"

等到他进入正题时，说的却也是每次开会的老生常谈："整个小组要同心协力，组员要努力，要用心，要勤快，才能超越其他小组，取得更标青①的成绩。我们要用第一时间去找客户，不要让别人比我们更快，时间就是金钱，争取到时间也等于是争取到金钱……"

王经理好像并不晓得他在重复自己时常在开会时说的话："我之所以叫你们几乎每天都来开会，是因为我认为开会非常重要，开会才会让我们的小组人员彼此有更深入的认

----

①标青：指非常出众。

识，互相学习，比较，这才有激励，才有改进的心，才能发展小组的业务……"

"好，会议到此结束。"等到王经理说这句话时，刘志荣一看，已经到了中午吃饭的时间了。

他走出会议室的第一件事，并不是急着去吃饭，而是给大客户陈先生打电话。

"哦，刘志荣？不必了。"陈先生在电话那头轻描淡写地说，"对你的保单，我已经没有兴趣了。"

温柔的阳光

　　傍晚的阳光被影影绰绰的树叶筛下来，洒在人身上已失去中午的炽烈威力。

　　刘秀月缓缓地走到花丛间的长椅子上坐下。周围有许多不同颜色的花儿，她叫不出它们的名字，除了大红花和向日葵之外。但是，不知名的花，聚在一起相约同时绽放，绚艳明媚地把花丛装点得很漂亮。

　　喧嚣的笑闹声从花丛旁的游乐场传过来，刘秀月抑制不住地将观赏花朵的视线投向他们。穿白背心的小男生在荡秋千，两只脚在空中愉快地晃着。两个头发卷卷的小女孩坐在跷跷板的两端，一模一样款式的衣服，外表相似，是孪生女。多好呀，刘秀月听到她们欢喜的闹声和像铃铛一样清脆的笑声。另一边有几个孩子在溜滑梯，也是咯咯咯地笑。半圆形的梯子没有获得孩子们的青睐，被冷落在一旁，只有风轻轻吹过。

自从十二月以后，刘秀月几乎每天黄昏到公园来。她喜欢坐在花丛间的椅子上，看孩子们欢欣喜悦地玩游戏。

游乐场里有几个妈妈聚在一起聊天，她没想过要加入成为她们的一分子，她只爱在一边看孩子们玩。孩子们胖墩墩的丰满手脚、圆圆的喜悦笑脸、欢欣的稚嫩话语，是世上最美丽的风景。

妈妈们开始遇到刘秀月，觉得她很怪。一个人，不带孩子，老是观望在玩耍的孩子。初初稍有提防，并以怀疑排挤的眼光注视她，后来发现她无恶意，但仍旧觉得这个女人有点骄傲，单独一人坐着，完全不理别人。她们也不愿意向刘秀月伸出友谊之手。

关于这一点，妈妈们曾经讨论过："我们先来的这个地方。"

"可不是，她是后来才出现的呀。"

"就是，要做朋友，该她先开口吧。"

人和人之间，沟通并不难，然而，彼此都不肯先微笑先点头先说一声"你好"，就失去了认识和交流的机会。

冷漠形成习惯，她们一来，自然齐聚一个角落，对于刘秀月，她们表面不闻不问不和她打招呼，事实上私下常小声在说她的闲话。

"真奇怪，一个女人，什么也不必做。"

"是呀，不必忙家事也不必去办公，每天就这样坐在这里浪费时间。"

"也许是人家的小老婆吧？"

"不像哪，样子又不年轻也不貌美，哪有资格？"

"神情倒很骄傲，对人不瞅不睬。"

"好像高人一等的样子。"

"什么嘛，就一个普通女人，做出那副高高在上的模样。"

她们最后议决不理睬她。

这些妈妈带孩子出来玩，却比孩子更兴奋。坐在一块儿东家长西家短，没理会孩子们在玩些什么。她们其实比孩子更期待每天黄昏到公园来闲聊的这一段时间。

被妈妈们看起来冷漠高傲的刘秀月，根本没注意有人在批评她，她一心放在孩子们身上。

其中一个鬈发小女孩突然从跷跷板上翻下来，刘秀月冲过去的奔跑速度快如子弹，"啊"的一声，她喊得比跌倒的小女孩更响亮。

她把小女孩扶起来，小女孩因痛楚和惊吓，哭得很大声。

那群妈妈一起转过头来，看见刘秀月站在女孩面前，女孩在哭。

一个年轻美丽的妈妈先过来，其他妈妈也跟着她一起走过来。

"你在做什么？"年轻美丽的妈妈口气非常紧张。

"是呀！"其他妈妈纷纷助阵似的对刘秀月喊起来，"你做什么？打人呀？"

"肯定是她打小丽。"有人像亲眼所见那样言之凿凿。"要不然，孩子玩得好好的，怎么会哭？"

年轻美丽的妈妈紧紧拥抱在流泪的鬈发女孩，"告诉妈妈，怎么回事。"

"我跌倒。"孩子圆圆的双颊有未干的泪珠，"阿姨过来扶我起来。"

其他人没有听到，她们在忙碌着责怪这个每天怎么看都不顺眼的怪女人。

"你每天到这里来做什么？"有人质问，"这样闲空没事做呀？"

"我——我——喜欢——孩子。"刘秀月被她们恶劣的态度吓坏，支支吾吾地，一句话无法说得完整。

另一个妈妈冷冷地哼道："喜欢孩子不会自己去生呀？"

一听，刘秀月跌坐在地上，哭了起来。去年十二月圣诞节，她带着才两岁多的女儿到泰国著名度假胜地普吉岛，没有想到遇上一场由地震引发的海啸，不过是一个海浪，就把漂亮活泼的心爱女儿卷走，永远回不来了。

其他妈妈不屑地看着刘秀月："她有点神经吧？没人说她一句重话，她竟哭得像个孩子。"

"就是呀。谁说她了？谁说她了？"

"有的女人就是很会造作，哼！"

"我们走远一点，免得引起别人误会，还以为我们对她做了什么！"

"走吧，走吧。"

温柔的阳光，通过树叶与树叶的隙缝间，洒在公园里所有人的身上。

心中的教堂

下车的时候，她一抬头，就看见车站对面的教堂。

那么多年过去，教堂还是矗立在同样的地方，仿佛没有翻新过，却也没有更残旧不堪一些。

风吹雨打，岁月走过，教堂和从前一模一样。

尖尖的屋顶上，有一个十字架，底下是一个钟，古朴的样式看起来温暖亲切。

她拎起行李，是个小皮包，只打算回来住两天，不需要的东西全都没带。

一个人缓缓独行，车走过，尘土飞扬，一切似乎和往年没有不同。

站在教堂大门外，她放下行李。

一排整齐的树像卫兵站岗，在阳光下，大树昂扬得像士气高昂的年轻士兵。

对她来说，年轻已经成为过去。

曾经她喜欢过教堂，因为在这里，她认识了他。

他们是教会里的友伴，每个星期都在这里唱圣歌、听布道，大家纯洁友爱。

谁也不知道她在心里暗暗喜欢他。

她从没向任何人提起这回事，甚至是他。

只是悄悄地看他，看他弹琴伴奏的样子，那么投入；看他吟唱赞美诗的神情，那样忘我。

他对每一个友伴都亲切和善，谈到他，人人赞不绝口。

他看她的时候，他对她说话的时候，她感觉是和别人不同的。

那段时期，她非常积极，每个星期一定出席礼拜会，不论天晴或下雨，不管学校有无课外活动，她都定时赶到教堂来。

教堂，在她心里，是一个充满向往和希望的地方。

她遗留下多少欢笑，多少甜蜜的幻想。

却也是在这个教堂，她流下纯情的少女眼泪。

拎着白色卡片的手是颤抖的，因为出乎意料。

眼看着卡片上的字，明明白白清清楚楚地印刷着，但她就是不相信，不肯相信。

她的心在狂叫："不可能的，不可能的。"

事实却是他要结婚了。

新娘是一起唱圣诗的友伴，每一次站在她身旁的那个教看起来一点也不好看的女孩子。

虽然那个女孩子笑起来，笑容非常灿烂。

也只有唯一一个优点罢了，他怎么会看上她的呢？

对自己原本充满的信心在瞬间崩溃了。

原来他柔情看她的时候，视线是投射在站在她身边的那个她身上，她一直以来误会了。

眼泪不受控制地掉落下来。教堂的人那么多，婚礼如此隆重，而她伫在热闹的人群里，只觉得命运是残酷的，人生是冷漠的。

衣着整齐的众人看着新郎新娘，笑容更加明亮绚烂的一对新人，彼此的眼睛相对瞧望，是深情的注视。

教堂的钟声响了，观礼的人兴奋地欢呼、歌唱。大家诚挚地给新人最美好的祝福。

"真是郎才女貌。"

"太相配了，两个人都那么虔诚。"

"两家是世交，从小在一起，以后生活一定美满。"

她听着旁边的人一句又一句给予新婚夫妇的好评，挫伤的心全是气愤："你们都在说谎话。"

怨恨地走出教堂，从此在心中充满怨恨。而且她还发誓，以后再也不走进教堂。

想到这里，她自己微笑起来。

一走进教堂，热气全消，阴凉的空气里有肃穆的祥和，她平静地站在无人的教堂里，弯腰鞠个躬。

"咦！是你！"是他。

"啊！是你？"她难以置信地叫喊起来。

生活中有那么多巧合！

英俊的他胖了，仿佛变矮一些，大大的眼睛嵌在圆圆的脸上，缩得小小的。

她微笑："我要结婚了，回来家里住两天。"

"恭喜你。"他什么也不知道，笑容满脸。

"谢谢你。"她走出教堂，脚步轻松。

感谢

假期本来是可以迟起身的日子，但是，谢思琴仍然一大早就被祖母叫起来。

"陪我上菜市场好不好？"祖母问她。

祖母年纪大了，大家都不让她再担起买菜的责任，但是，她习惯早上起来就要到菜市场去走一趟，她爱看人家买菜卖菜："要不然，我做什么事好？"

祖母的问题非常直接，真的，老人家太空闲，结果就变成无聊，每天无所事事，这就让她更喜欢早上去菜市场看市场风光了。

谢思琴并不想去，她对又湿又脏的旧式菜市场没有好感，可是，一想到老人家一早上无事可做的仓皇，她不禁在心里涌上了同情，马上就起来了。

"婆婆，你身体不是不舒服吗？"她昨天听祖母说有点头晕。

"你不和我去菜市场，我才不舒服呢！"祖母嗔道。

"好好。"谢思琴不让祖母不开心，一口答应，"我陪你去。"

祖母非常高兴，她和谢思琴边走边说："你看，芥蓝菜现在涨到一公斤要五块，以前才几毛钱哪！还有香蕉，一公斤竟然要卖六块钱，以前才三毛钱，人家还嫌吃了它要涨风呢！"

谢思琴只要一直点头说是是是，祖母就很高兴了。平时谢思琴去教书，祖母一个人在家都没有出门，所以她找到有个人听她说话，就很快乐。她们其实也不是真的要买些什么，谢思琴的妈妈已经把需要的菜都买回去了，她们两个人只是在菜市场闲逛而已。祖母和认识的贩者打招呼，一边笑："啊，是呀，是我的孙女，当老师的。对对，很乖巧，很听话。"

谢思琴看着他们热情地与祖母聊着，她有点明白祖母为什么会想到菜市场来了。这些小贩，由于长期见面，本来不认识的，也都变成朋友了。

"不要小看他们是小贩，很热心的哟！"祖母说，"有时我忘记带钱来，他们都让我欠账，先把东西拿回去，第二天再来还钱呢！"

太阳越来越高了，谢思琴问："婆婆，我们回家了吧？"

"好啊。"祖母回答。

"啊！"突然祖母低喊一声。

"我头很晕。"祖母好像摇摇欲倒，站不稳的样子。

"这里有小凳子，这里有小凳子。"街边一个卖鸡蛋的妇人，非常紧张地对她们说。

"婆婆，你快坐下。"谢思琴扶着祖母坐在妇人的凳子上。

"谢谢。"她转头向妇人道谢。

然后担心地问祖母："婆婆，要不要去看医生？"

"没什么。"祖母脸色恢复正常，"已经好了。"

谢思琴扶着祖母站起来，对卖鸡蛋的妇人诚恳地道谢："谢谢你，你太好了。"

妇女坦白地回答："不要客气啦，我只是怕你婆婆压破我的鸡蛋。"

素色的母亲

　　她把衣橱打开，里边衣物多为黑白两色，之中杂两三件蓝和灰，只有两件花的，也是黑和白作为底色。她却想不起母亲何时穿过花衣。母亲的穿着，从她有印象开始，不是黑，便是白。

　　关于色彩的选择，她钟爱缤纷鲜艳，也许长年累月看着母亲的黑和白，下意识产生一种反弹，对素色衣物排斥反感。从小叛逆，青春期尤其不听话。母亲初时管教严格，几年过后，骂得累了，索性沉默。她步入社会就业后，思想比较成熟。逐渐了解，作为母亲带着一个女儿找生活，并不容易。

　　母亲在十九岁爱上父亲，怀了她只好结婚，父亲后来另有所爱，父母亲最终离婚。失败的婚姻令母亲害怕女儿年纪轻轻谈恋爱，结婚，更担忧她会步上母亲的后尘。

　　母亲之后单身，不只衣服的色彩素淡，生活亦是。在家里帮人做账，极少出门，没有朋友。她外出工作后，花花世界令她眼花缭乱，也使她同情母亲的单调生活。她曾建议母亲："有空时去找邻居或者亲戚朋友喝茶聊天。"

"没有关系，我已经习惯了。"母亲淡淡地说，不知道是安慰她还是安慰自己。母亲从事的会计工作，其中有一个刘老板，外貌不丑，如一般普通男人，外形稍胖，就是中年男人的样子。当她发现他时常借故不走，陪母亲聊天，她即刻给他脸色看，敏感的母亲马上和刘老板断了来往。

寂寞孤独的母亲眉中总有一个结，她却没有听过母亲有一句怨言。她也从未站在母亲的角度和立场着想，她只担心她的朋友嘲笑她。她希望母亲交朋友，但不是男的，那会引来很多她承受不了的闲言闲语。

收入宽裕，经济转好，她带母亲去逛商场购物，要给母亲买衣物，母亲总是拒绝："我不需要。"

前两年发现母亲每天不停地整理衣橱，她看不惯，忍不住询问，母亲回答："日后不要给你为难。"她没有仔细去思索母亲的答案，只是把她的行动归类于人老了以后的一种怪癖。

据说人老了会有种种令人难以理解的怪癖。明珠的妈妈是不停地煮菜，一听到哪个儿子或女儿回来，就开始大煮特煮，现代人以少吃减肥作为瘦身的基本行为，明珠的妈妈不理，习惯煮那些既油又咸的菜肴，摆得满满一桌，但没人要吃，往往搞得吵架收场。李国成的爸爸更难以让人接受，他喜欢踩单车。本来以为他把踩单车当成运动，那对老人家也是很好的事。没有想到李爸爸每天早上六点出去，八点多回来，就开始把收集在单车后边孩子觉得肮脏的垃圾摆放出来，李爸爸毫不介意那些龌龊之物，蹲在院子里收拾分类。李国成抗议多次皆不成功。老人家说那些全是可以换钱的杂物。李爸爸把垃圾仔细分类，一包一包的纸皮、旧报纸、汽水铝罐、空罐空瓶或者旧衣服等，堆了一院子。

别人父母的怪举动，令她觉得自己的母亲也不算难以容忍，不过是超爱整理。母亲的其他用品也和衣物一样，少之又少，整洁地搁放在衣橱里。

母亲生前，她给母亲买洗脸霜、洗发露、洗浴精等，母亲都选小瓶装。她略诧异，母亲性格节俭，从前老买大瓶装，说比较便宜，还说比较环保。她当时想不通，节省至吝啬程度的母亲为什么后来改变得那么极端。

在衣橱里排得整整齐齐的素淡衣服，几瓶快用罄了的梳洗用品干净地排列着，这就是母亲的全部生活，这也是母亲生活的全部？

素和淡，就这样过了一生，素和淡，原是人生追求的真味。可是，母亲，就这样过了一生。她终于明白母亲时常重复"不想给她多添麻烦"的意思。

简洁的衣橱，简单的日子，简朴的生活，这是母亲的无奈，或者是母亲的选择？

母亲对生命到底有没有要求？等到她懂得同情母亲的时候，竟然已经来不及向母亲提问。

黑白的衣服是她今天身上穿着的，她是在为母亲戴孝。眼前这一橱黑白的衣服，是母亲的，直到今天她才明白，母亲为了她，一生都在戴孝。

大减价

小城里最大的百货商店开张了。

吴太太问："刘太，你去过了没有？"

"今天早上十点才开张，现在不过是八点，要去也得等一下嘛！"刘太太觉得奇怪。

吴太太像献宝似的："告诉你，开张的时候，有气球赠送，有免费的可口可乐，还有不必花钱买的茶点呀！"

"哦？"刘太太比较理智地问，"有这样的好事吗？"

"当然啦，我早就知道了，不过不肯定所以没有告诉你，今天报纸上都促销来了，还假得了吗？"吴太太大声地说，好像自己的店开幕那样光荣和兴奋。

"那你什么时候要去？"刘太太问。

"还什么时候？"吴太太有时候很气刘太太的傻里傻气。"就是开幕的时间啦！"

"那个时候，会不会太多人？"刘太太有点担心的样子。

"笑话，人当然多啦，谁不知道呀？"

吴太太觉得刘太太乡下气很重，她于是教导小孩般地说："你要知道，刚刚开幕的时候，除了各种免费的赠品，还有很多不同的优待。"

"优待？"刘太太不明白。

吴太太得意地如数家珍："只要你买二十零吉的物品，就有一零吉的固本赠送，买四十零吉，就有两张，这些固本收集起来，还可以换取其他赠品。"

刘太太听得目瞪口呆。

吴太太语气更出力："你不去是你的损失呀！"

刘太太仍然傻乎乎地坦白说话："最近我都没有什么东西要买呀！"

吴太太摇摇头："刘太太，你就是那样死心眼呀，不用说一定要买马上要用的东西，如果有大赠送，那么你可以买一些日用品，比如肥皂粉呀，洗涤液呀，洗发露啦，牙膏啦等等，都是日后一定会用到的嘛。"

刘太太有些为难，她的想法是，反正商店已经开了，而且就在那么近的距离，什么时候要用到，再去购买不是更方便吗？

吴太太把刘太太当成不识相的人，她冷冷地说："你不去算了，我去约莫太太她们去好了。"

"对不起。"刘太太的道歉并没有让吴太太高兴，她边走边说:"有免费东西吃喝也不要？天底下就是有这样笨的人。"

开幕时间到了，人挤着人，大家都想吃免费的餐点，都想喝免费的可乐，然后，等到大门一开，人人都往商店拥进去，因为前五十名顾客将有十零吉的固本赠送。

吴太太是不会失去这种好机会的，所以她挤得比别人都更快更出力。她双手抱着比外头便宜一毛五分的面纸、厕纸、肥皂粉、洗洁精、蚊香等用品。

好不容易挤到商店门外，莫太太问她："吴太太，这儿还有个小贩中心哪，我们先吃点东西再回去吧。"

"好呀。"吴太太这时也感觉肚子有点饿了，"这百货商店还真吝啬，说是有茶点招待什么的，都吃不饱的。"

"就是呀！量那么少，还要大家抢。"莫太太也在抗议。

"我才抢到一块糕，几片饼干，切！"

等到吃完以后，吴太太伸手进皮包里要拿钱出来付账时，才发现不知道什么时候，她的皮包已经被割破，皮包里的小钱包已经不见了。

"人太多了。"莫太太一副事不关己，己不关心的冷漠神情，"你得自己小心呀！"

节日晚餐

　　侍者把甜点捧上来了，表示晚餐快到吃完的时候。他用小汤匙挖一口橙黄色的布丁，甜中带酸，是杬果味的，他不喜欢杬果。如果是他叫的，他永远不会选择杬果，但他太太喜欢。太太从来不理会他到底喜欢什么，包括饮食。

　　开始的时候，他告诉过她。她说"嗯"，还点头，他就安心地等待。等了数十年后，他就知道，当她说"嗯"，还点头时，表示她听到，也许她真的是已经知道，但并不表示她从此就会依随他的意见。

　　她从不理会他的喜恶，或者说不在乎他比较恰当。

　　有一次，他开口了："我不喜欢杬果味道。"

　　"都把最好吃的叫来了，你还想怎样？"太太声音轻轻的，也不生气。

　　他没有水准，这是太太的想法。好吃的他嫌不好，不好吃的他才喜欢。像到这种五星级的酒店吃晚餐，他说何必，某条街头的什么什么炒面条煮米粉更美味,她就是不能忍受他的不求上进。现在是什么身份了,还坐在街边的破桌子旁吃大排档,要是遇到人,成什么样子?

她要训练他,要让他出去外头不让人轻蔑。

她实在是受不了他的随便。从前穷,没关系,现在做生意赚了大钱,他还是和从前一样。衣服不选名牌,穿拖鞋也出街,车子说可以用就好,公文包还提着残旧的那个,居然说没有破损,何必换新的。太太坚持的时候,他当然也听话,但她晓得他有怨言。她不理,只要他听话就可以了。

无论衣食住行,太太全要讲究。那么多名牌,她也认识不完,反正选最贵的就是最好的。可能不是最好,但是让人家看到那行头那排场,听到那名字知道那价格,脸色马上换成尊敬和羡慕,就是正确的选择了。

他一匙一匙地,终于把杬果布丁吃光了。他不喜欢,但不习惯浪费。

侍者即刻过来问:"请问要咖啡还是要茶?"

他不要咖啡,也不要茶。

太太回答:"两杯咖啡。"

"为什么叫咖啡?"他不明白,两个人都不喝咖啡的。

现在流行咖啡,太太的选择都不是没有原因的。

黑色的,苦味的饮料,一点也不可口。他啜着,不想喝完,但是那未免太可惜了。

以后不要叫咖啡给我，他张开口，但并不知道自己没有把话说出来。他听到太太说"嗯，嗯"，看到太太点头，但他完全知道太太以后照样会给他叫。

苦咖啡终于喝完了。

可以走了吧？他一点也不明白为什么好好地在家里吃饭不要，佣人说家里已经煮了汤和面，但太太非要到这五星级酒店来吃一餐那么贵的、不好吃的晚餐。

太太说因为今天是情人节，人人都在庆祝。明天去上班时，办公室里有人会问的。

"情人节？"他从没听说过。他和太太甚至连情人这个阶段都没有经过，相亲后，双方家长说好，他们就结婚了。

付账以前，侍者拿了一束花过来："祝你们情人节快乐。"

太太微笑地接过来："谢谢。"

他问这是什么花。

太太微笑着对他说是玫瑰。

太太在别人面前和他说话，都是带着微笑的。

"拿来做什么？"他不明，问。

"回家吧。"太太说，站起来。

"一点也不好吃。"他低低地，声音倒是发出来了。

她向来不重视他的意见，这回也不例外："走吧，回去了。"

他跟在太太后面，告诉自己："回去吧。"

时代的暗恋

　　一升上中四，女儿的数学成绩每一次都考得非常好，分数永远是班上最标青的。

　　"大大地有进步唷！"叶敏明夸奖她。

　　"我喜欢数学老师呀！"女儿直截了当承认。

　　叶敏明有点担心："男的？"

　　"当然是男的啦！"女儿说得理直气壮。

　　女儿看见妈妈叶敏明担忧的脸色，大笑："妈妈，难道你要我喜欢女的？"

　　叶敏明的历史科在她念中五时，考试分数总是全班最高的。

　　"奇怪。"和她感情最好的同学苏家珊想不通，"敏明，你今年怎么对历史那么感兴趣？"

　　叶敏明不回答，只是笑。

　　她自己知道原因。

教历史的老师蒋环宇，是她的偶像。

叶敏明在心里偷偷喜欢他。

年轻、高大、英俊、风趣，而且教学法很新。他不像其他老师，教书就是眼睛看着课本，然后对着书念念有词，同学们睡着了也不知道。

蒋环宇把课文讲得像在说故事，精彩动人，他的声音深具磁性，语调抑扬顿挫，悦耳动听。

其实每一个女同学都喜欢上蒋环宇老师的课，但是，叶敏明却发现蒋环宇老师对她和别的同学不一样。

蒋环宇一看见她就笑，眼睛里盈满欢喜，同她说话时，声音格外温柔，提问的时候特别喜欢叫她起来回答，每次分考卷回来，就一定赞赏她考得好。

这些原因已经足够令叶敏明爱上历史课了。

但是，有一天，叶敏明听到一个晴天霹雳的消息："蒋环宇要出国读书去了。"

叶敏明觉得天和地都变色了。

他难道不知道他在她的心目中，地位是多么重要吗？

蒋环宇老师仍然对她笑："告诉你们一个好消息，老师会先结婚再去美国。"

同学们纷纷地你一言我一语："是谁呀？老师你的新娘是谁呀？老师你和谁结婚呀，结婚后老师带不带新娘去美国呀？"

蒋环宇老师笑得更开心了："是教地理的刘老师，我们会一起到美国去。"

原来是刘老师！

叶敏明最喜欢的女老师。

"这样不也很好吗？"苏家珊听了叶敏明哭着说完后，劝告她。

"有什么好？"叶敏明只是哭。

可是那伤心好像也不持久，她现在回想起来，都忘记到底哭了多长时间？

时间飞快地过去了。

"你暗恋着他吗？"叶敏明问，语气有点担心。

"什么暗恋？"女儿大笑起来，"他是老师，我喜欢他，但是，恋爱？不，我还有那么长的路要走。"

叶敏明悬在空中的心在听到女儿的笑声时落实了。

不知道要叹息，还是高兴？

时代不同了。

是非男人

事实上在公司里，谁没有说过谁的闲话呢？

只要不把话传到那个被人说的倒霉鬼的耳朵里就算了，大家说过笑完，也就不会真的放在心上的。

老人家早就说过："站起来的人给人讲，坐下来的人讲人。"

不过就是这么一回事罢了。

但是，听到陈清和讲苗志强的坏话时，刘高胜还是有愉悦的感觉。

这也难怪的。

刘高胜和王小燕谈了一年恋爱，苗志强一进公司便横着刀走到两个人中间，终于让刘高胜和王小燕分了手。

被夺了爱还没关系，本来刘高胜为这件事都已经气得将苗志强视为可恶的敌手，谁知王小燕和刘高胜分开以后，苗志强竟然又将王小燕弃之如敝屣。

要不是受过高等教育，刘高胜都想找个黑社会打手，好好地把苗志强打一顿，教训一下，而现在他只能看着王小燕忧伤地消瘦下去，什么都帮不上手。

这天陈清和问他："喂，你知不知道为什么苗志强与王小燕后来还是分了手？"

刘高胜听到这句话的时候，他在心里气恨陈清和多事，找他问这样的话是什么意思？

但是陈清和并没有要他的答案，陈清和一问完自己便回答了："外头人都在说，是王小燕不要苗志强的。"

这叫刘高胜意外："真的？"

"当然是真的。"陈清和作出珍珠都没有那么真的脸色，"你以为我是随便说人闲话的人吗？"

说闲话的人和喝醉酒的人一样，从不承认事实的。

陈清和故意把声音压得低低的："告诉你，苗志强有艾滋病。"

"真的？"刘高胜的声音却大得自己都吓了一跳，他发现自己竟然有点幸灾乐祸的开心感觉。

"你别这么大声。"陈清和瞪他一下，"等一下别人以为我在说谁的是非。"

刘高胜非常好奇："你是从哪儿来的消息？"

"有人看到苗志强的检查报告。"陈清和还是压着嗓子说话，"要不然，他都和王小燕谈到结婚了，后来为什么就没有下文？"

"是谁说的？"刘高胜是听到和王小燕有关，他才那么有兴趣。

"当然不是我说的。"陈清和一口否认，"喂，你出去可千万别说是我说的呀，我也是别人告诉我的。"

"那么王小燕现在怎么办？"刘高胜最在乎的还是他的前任女友。

"这我可不知道了，至于苗志强有没有传染给她，我就没听说了。"陈清和说完，又加一句，"不过，没有人晓得王小燕到底为何一直瘦下去。"

刘高胜急急地为她辩护："清和，你可别乱说话呀！"

"老刘，你看我像胡说的人吗？"陈清和气愤愤地，"我是好意才告诉你，你这算什么嘛。"

他带着不满意的脸色才走开，苗志强就进来了。

他走到刘高胜面前，神秘地笑笑："喂，老刘，听说你得了世纪绝症？"

电话响起

"求求你离开他。"在电话里，她的声音清脆悦耳，只是哀求的语气令人觉得她很可怜。

"你是谁？"李采薇大清早接到这一个陌生女人的电话，语音不清，她皱眉，诧异地问。

那个女人答非所问："你那么能干又有钱，不愁没有男人追求，请你离开他吧。"

李采薇最讨厌低声下气的人，一副没骨气缺了钙的样子，不论是男人女人都令人厌恶。

她啪地把电话挂掉。

早上有一个会议，下午除了另一个会议，还要见一个外国客户，她没多余的时间和陌生人啰唆。

只不过，为这个电话，她确实愣了半晌。

这是她的私人直线电话，没有多少人知道号码。

愣然间，电话再度响起。

"你还没有答应我。"是同一个女人,"请你离开他好不好,没有他我不能活。"

在这个世界上,会有一个人为了没有另外一个人而活不下去?

也许她还太年轻,李采薇冷笑地把电话挂掉。有一天,那个女人在冷酷无情的社会混了数年,然后就会发觉自己的愚蠢。

因为这个电话,李采薇决定离开张正生。

一直到昨天晚上,她才把自己的私人直线电话号码告诉他,没有想到的是,马上有一个陌生女人打电话进来。

她是从哪儿拿到这个号码的呢?张正生的口袋吧,她怎么有资格翻张正生的口袋呢?

这就非常明显了,那个女人和张正生的交情匪浅。

这也证明,张正生是在欺骗她。

不,他是在欺骗两个女人。

李采薇感觉心在一下一下抽痛着。

但她对着冷冷的办公室冷哼了一声,感觉痛楚似乎因此减低些。

向来被人称为女强人中的强人的李采薇,没有那么容易上当。

她做事一向果断、积极,这是许多男人都比不上的。

电话又再响起。

"哈啰，是我。"

张正生似乎还沉浸在昨晚上的欢愉中，语气活泼得像充满旋律的音符，"采薇，今天晚上我们一起吃饭好吗？"

"对不起。"李采薇冷得像冰一样的声音，"我们到此为止。"

"吓！"张正生仿佛被一桶冷水照头淋下。昨天晚上她狂野的热情感染得他也兴奋无比，而她此刻的冷冽反应实在太意外。

"你说什么？"他对自己的听觉失去了信心。

在李采薇心里，涌升的悲哀正无限扩张，她对张正生的爱情在逐渐萎落逐渐模糊。

她从来没有见过一朵那么快就凋谢的花。

失望像昂扬上长的树，粗壮高大。

她不曾那么热烈地爱上一个男人，然而，他却一言不发就背叛了她。

"对不起，我还有事要忙。"

骄傲的她毅然挂掉电话，并且叫自己不要流泪。

为一个负心的男人，太不值得了。

电话又再响起。

"哈啰，是我……"同样的那个陌生女人的声音，"我要跟你说对不起，对不起，因为我……"

没有再给陌生女人讲话的机会，李采薇即刻挂掉电话，不管是什么原因都好，都不可能影响她的决定。

　　她没有听到的是那个女人的下半句话："……打错号码了。"

找一双鞋

鞋架上满是七彩缤纷、款式各异的女装鞋。

"这里应该找得到。"她充满信心，走进去，仔细挑选。

"这个，这个，都要6号。"叫售货员拿两双过来试穿，她坐下来。

明知不会满意，却在难以拒绝美丽诱惑的心态下，她选了其中一双高跟鞋。

双脚一套进去，不过是三寸吧？才走几步路，她叹息，妥协。"真的是太高了。"

自从二十九岁以后，她已经不再穿细高跟鞋，不是不晓得苗条女人穿双细高跟鞋的绰约风姿。

报纸杂志上频频推广、游说、怂恿："女性的柔美、优雅气质散发在一双细高跟鞋上。"刊登出来的广告图片充满吸引力，鞋子的造型好看，穿鞋的女人明丽，一双小腿尤其修长光滑。

她曾经做过傻瓜，受了诱惑，抑制不住，逛商场时，选了一双大家看见都称赞"充满女人味"的细高跟鞋。

结果是上一天班下来，脚后跟破皮、出血，痛苦一个星期。

当时的男朋友小李是福建人，用闽南语嘲笑她："爱美就不要怕流鼻水。"已经忘记了，是不是为这句嘲讥而吵架分的手。

眼前这双镂花尖头鞋，看着非常漂亮时髦，穿起来一定追得上今日潮流。她脚一探，试走几步，马上摇头。

这鞋后跟略高，但低过两寸吧？不过，行走的时间一长，所有的重量都涌到脚指头去，五根脚指头一起被挤在一个窄小无比的空间里，无处容身的仄迫令人非常难过。假如把它买下来，岂不自寻辛苦？

事实上她曾经穿过类似的尖头鞋，男友阿明不以为然："又不是演阿拉丁神灯，搞什么嘛。这种鞋是上舞台演戏才穿的啦。"她对说话时不顾人自尊心的男人缺乏好感，再加上有一次和同事去喝咖啡，偏偏遇见阿明牵着一个年轻漂亮的女孩，态度极亲密，她不想面对他们，低头，却看见那个女孩子穿着一双阿拉丁神灯的尖头鞋。她替年轻女孩感觉脚趾挤成一堆的仄迫痛苦。

见她皱眉摇头，反应敏捷的售货员马上过去拿一双方头鞋，根是粗的，约一寸，鞋头又是方形。从外表看，既笨拙又粗鲁，虽然一脚穿进去，感觉里边很舒适，但她连起来试试走一步也没有，就说不要。

前一个刚刚分手的志伟，见过她穿这款鞋，问她："这是在男装部买的吧？"

她又恼又恨，不只对志伟，也对这款鞋。为什么男人开口都是没礼貌的居多？说话直接表示为人坦诚老实？言辞虽然不需过于伶俐油滑，但一出口便伤人，难道他们不知道这是属于教养的一部分？

今天出来是为了要换双新鞋，没想到摆在鞋架上看起来款式多姿多彩，真正仔细观察，鞋子的花样也跳不出那几个样款。

"太不幸了。"男人的口齿伤害之外，还落得让好友秀玲笑她的下场，"没想到你的男友个个都对你的鞋子如此重视。"

叹一口气，她站起来，打算再到另一间鞋店去继续寻觅。

离开前，她听到背后两个售货员的对谈。

"真难侍候。"

"可不是。"

"试了那么多，没一双是她要的。"

"简直是来开玩笑的嘛。"

"她到底要找什么样的鞋子？"

她想告诉她们，什么高跟细跟，尖头方头，所谓的款式不合，不过是一份借口罢了。其实她心里真正要找的，是一双可以走向幸运的鞋子。

开门一生

一

他把门打开，朝阳照耀在脚车上，发出闪亮的光彩，一直闪到他的心里去。虽然是部二手单车，但却是他心爱的，尤其这是他考试成绩优良换来的礼物。已经要求了一年多，父亲总说他年纪太小，腿不够长，要等再过一年才买这跑车型的单车给他，他等不及。同学个个都骑在跑车型单车上，他不是怕输，只是继续再踩踏那小型的迷你单车，同学的嘲笑就快把他震聋了。他关上门，骑上跑车型单车，得意地朝学校的方向踩去。

他不喜欢被人嘲笑的滋味。

二

门打开来，他心满意足地把崭新的电单车推到门外。这是他昨天下午才从店里骑回来的。夜里他考虑许久，不放心把车停放在门口。最近附近多间屋子租给外劳，据说外劳众多的地方失劫案件相对较多，不知道是不是事实。但这部电单车是他几乎五个月的薪水，他不能不小心一些。二手电单车当然便宜，不过，新的比二手的漂亮。他关上门，电单车巨大的引擎声吵到隔壁的人家，但他没有注意。

他不喜欢被人轻视的滋味。

三

铁门打开，他把国产英雄车退出去。今天要把这车驾到丰田车经销店，换一辆新的丰田。这是他奋斗多年的梦。国产车哪里可以用的？这话是朋友说的。真正的现实也真是如此，用不到两年，一下小修，一下大修，花钱不必说，时间才是问题。丰田车，有口皆碑的著名好车。不仅见客户谈生意时充满信心，载女朋友时更是拉风。他脸上的笑容比外头的阳光更灿烂。他下车关上铁花门，再上车关上车门，步伐是踌躇满志的，他的下一个目标是马赛地①。

他越来越喜欢被人看重的感觉。

---

①马赛地：马来西亚、新加坡等地称奔驰为马赛地。

四

自动玻璃门在他们靠近时，自动启开了。工人推着他，他坐在轮椅里。工人是印度尼西亚女佣，是儿子请回来照顾他的。说是儿子请的，用的可是他的钱。身为亿万富翁，他的儿子不论有用无用，都有用不完的钱。他现在家中有数辆名贵豪华轿车，甚至几艘游艇，他出门喜欢坐什么车都行，但他大多数时间是在家里，在轮椅上。中风以后，他越来越不爱出门。

他不喜欢人们用怜悯的眼神看他。

五

工人按一下电钮，门渐渐往上升，门完全开完以后，工人再按另一个电钮，他被缓缓地送进去了。躺在棺木里的他，曾经不喜欢被人嘲笑，不喜欢被人轻视，喜欢让人看重，不喜欢被人怜悯。现在，什么感觉都没有了。

门徐徐关上。

焚化炉的火熊熊燃烧起来。

早上的花

　　朱家明不明白太太何安琪为什么要在露台上种牵牛花。

　　"一地都是嘛，哪有种呢？"哪儿没有牵牛花呢？到处皆是，自生自长的，用不着施肥浇水，它自会开花，贱生得很。

　　"你不觉得牵牛花很美吗？"何安琪给他的理由就这么简单而已。

　　朱家明每天黄昏都在露台上做运动，他看不到牵牛花的美到底在哪里。"我都没见过它开花。"

　　"牵牛花又叫朝颜。"何安琪告诉他，"这是因为它早上开花，晚上太阳一下山，便枯萎了。"

　　"种一些不要只开一个早上的花嘛。"朱家明建议。

　　他希望他在运动的时候也看到花开。

　　"下次吧。"

　　何安琪却从来没有种其他品种的花，老是牵牛花，老是让朱家明看到已经关起来的紫色瘦长条萎谢了的花。

后来朱家明也习惯了，他就没有再提出要求。

有一天何安琪在路上遇到章清文："啊，好久不见了。"

章清文难以置信地看着何安琪："真是你，安琪，真是你？"

当年两个人在一起，大家都没看好，章清文是个穷小子，何安琪过惯好日子，怎么可能会有结果？

他们果然分开了。

事情过了那么久，感觉也许有的，感情却已经不是当年的那样一回事了。

"上来坐吗？"何安琪对送她回来的章清文说。

章清文想一下，回答："好呀。"

他想知道何安琪过的是什么日子。

那时他离开何安琪以为自己不可能给她好日子过，没有想到得了奖学金进大学，又得了奖学金出国深造，回来在大公司做事，担任高职。

何安琪告诉他："家明就要回来了，他五点下班，五点半就到家。"

章清文进到屋里，发觉何安琪的家和他的也没有什么不同。

他有点后悔，自己那时不应该如此绝望，根本没有向何安琪说明理由，就悄悄地同她分手了。

"屋子整理得很干净。"他说。

"有个钟点女佣。"何安琪放下在超级市场购买回来的物品。

"喝杯茶。"何安琪冲了茶。"等家明回来,我给你们介绍。"

章清文一眼看到露台上的花:"你种的?"

他朝露台走去。

"是。"何安琪看他。

"你种牵牛花?"章清文看她。

于是,她就知道他明白了。

"是的,牵牛花。"

章清文记得自己第一次送给何安琪的花,就是牵牛花。

他非常感动,正想说什么,却看到楼下一个男人朝这儿招手。

"家明回来了。"何安琪说,略带惆怅地。

有关孙子的早晨

　　每天早上例行公事，一群晨起慢行的女人在晨运过后，徐步走到对街的咖啡店吃早餐。有人笑说，不如不晨运，慢行不到一个小时，过后吃面喝咖啡，不是照样累积脂肪和胆固醇。说得好像脂肪和胆固醇可以自慢行中消失一般。

　　然而，退休人士要是不懂得安排时间和节目，一天漫长的二十四个小时，要怎么过呢？相约晨运和早餐，不过图个群聚时候，大家一回到各人家里，全是面对一栋空房子。

　　爱喝咖啡的李太太啜口咖啡说："学校假期孙子们回来就好啰，不然一间房子空空洞洞的。"

　　"可不是，"陈太太回应，"尤其小孩的玩闹笑声，有一种充满希望的愉悦在空气中流动呢。"

　　"少文艺腔啦你。"何太太笑，把手上的筷子停下来，"我也喜欢孙子回来，不过，他们真吵，一回来屋子里满是声音，连要看电视也听不到。"

有三个孙子的刘太太也不甘落后，茶也忘记喝，在一边抢着说："我的孙子们不只吵闹，什么都要争，有时候一张报纸也不相让。"

"小孩子都是这样的啦。"陈太太的面来了，讲究吃热食的她不急着吃，加入说，"我们看起来没有用的东西，他们也争得脸红耳赤。"

"是啰，"何太太摇头，"我的孙子呀，给他们贵的玩具还不要，反而对那些免费的或不值几个钱的小东西，争个不停。"

"咦，"没有孙子的马太太问，"怎么张太太今天早上没来晨运呢？"

其实马太太早就发现张太太没来，但她一向不太喜欢张太太，她认为张太太过于爱炫耀，一点小事就夸张的语气和态度令人反感。不过，当大家都在谈孙子这个话题的时候，马太太无从插嘴，备受冷落的感觉使她只好把张太太拉出来。

"是呀，"何太太顺着马太太的问题，"张太太今天早上为什么没出来呀？"

住在张太太隔邻的陈太太这时候微笑地说："你们不知道呀？"

大家用疑惑的眼神朝陈太太探询。

"张太太的媳妇昨天晚上生产了。"

"哦？"大家好奇地相互探听，"男的？女的？"

"听说是孙子啦。"陈太太回答，"张太太很开心呢。她喜欢男孙呀。"

"这个时代，孙子孙女不都一样吗？"马太太不以为然。

"是一样，"陈太太笑，"不过，张太太说，第一胎生男孙，比较放心啦。"

"什么放心？"

"有个男孙继承香火啦。"

"张太太的头脑怎么那么保守传统？"何太太笑。

李太太也笑："是啰，还说男女没有分别。"

"落伍的思想很难洗脑的。"马太太嘲笑。

早餐过后，各自回家。

马太太没等儿子下班回家，直接打电话到他办公室："你和你老婆，到底什么时候才要生？"

未来

故事是从大家说到算命的时候开始。

是胡丽娥先提起的："我家附近来了一个中国人，说是算命很灵的。"

这句话刚出口，你一言我一句的，个个同事都要胡丽娥介绍，都要算命去。

"我最喜欢知道自己的未来到底是怎么样的？"小光说。

正当大家在纷纷发表有关算命的意见时，营业部的杨柳珠问："你们要不要听我的故事？"

"是不是和算命有关的？"不知道是谁提的问题。

杨柳珠想想，回答："可以说是吧。"

"好啊！"大家的兴趣都来了。

杨柳珠深深思考一下才开始她的故事。

"两年前，我在生日的那一天，独自一个人在购物中心闲逛，我决定要为自己买一份生日礼物。但是找来找去，都找不到合适我的我喜欢的东西。走了几个小时，脚都累了，我随便在公众椅子上坐下来，无意识地抬头望着前面，看到眼前有一间算命馆。"

大家眼睛里充满好奇。

"我非常想进去算一下自己的命运，正要站起来时，有一个女人排越过众人走到我面前来，叫我'柳珠'。我很奇怪，这个女人怎么会认识我呢？我看她的长相，好像很陌生，但是对她却又有熟悉的感觉，我实在想不起她是谁。"

"于是我问她：'你怎么会认识我？'她一点都不惊奇，只是对我笑'我当然认识你。'我仔细地打量她，她大约有四十岁，衣着很旧，样子看起来有点落魄，而这个不怎么得意的中年女人，她叫住我，是为了什么？"

杨柳珠说到这里，停顿了一下。

在大家充满期盼的目光下，她又慢慢地继续说下去。

"我突然担心，她是不是要跟我借钱？于是我冷冷地对她说'我不认识你'。'你认识我的。'她丝毫不生气，反而坚持地说。'我从来没有见过你，怎么会认识你呢？'我仍旧给她看冷淡的神色。'这点我们不用争，我问你，你要去算命是不是？'她不与我争辩，只是很肯定地问我。我一怔，'你怎么知道？''你不用进去那儿算命了。'她说'你只要看看我，就知道了。'"

大家张着嘴，等待杨柳珠的下文。

"我这时以为我碰到一个女骗子。在城市里什么事情不会发生呢？所以我不理会她，本来想要自顾自走开。但她却唤我'柳珠，你再看清楚一点。'我生气地问'看什么？'她容忍我的坏脾气，'看我呀！'我哼她'你有什么好看的？'她突然走近我的身边，在我的耳朵边说'我就是你的未来。'我一听，不太明白自己听到的是什么，连忙追问'你说什么？'她不再回答我，只是轻轻地对我说'如果你想要知道你的未来，非常容易，你每一年这个时候都到这里来，我就会给你看到你的未来是什么样子的。'"

杨柳珠的话停在这里。

没有人出声。

过了好一会儿，不知道谁先开口："后来你有没有去？"

杨柳珠没有出声。

一向胆子很小的小光声音颤抖："杨姐，你到底有没有去？"

"我没有。"

"为什么？"

"你喜欢知道你的未来是什么样子的吗？"杨柳珠反问。

"我不想知道。"

她说完便走开了。

过后，公司里的同事再没有人提起算命这回事。

分手演习

　　墙上挂的那面雕花木框椭圆镜子还是他自沙巴①出差回来时送给她的生日礼物。

　　开始的时候，她是坐着说的："对不起……"

　　话才出口，她就停下来，没有继续。

　　"为什么我要说对不起呢？"她想。

　　没有理由那样低声下气的，并不是她的错呀。

　　"请你原谅我……"她再度开口。

　　却又再次中断。叹息以后，接不下去。

　　对他，她做了什么错事吗？既然没有，为何该求他原谅？

　　"我不想再这样下去……"语气柔弱无力，像水草漂在

---

①沙巴：马来西亚第二大州。

水上，无所依靠十分彷徨。

每一次相聚的时候，令人心酸的分离永远于下一分钟在门口等着；分离的时候，一颗心却又殷殷切切地渴盼着美好的相聚时间快快到来。

倾心相遇，却在相知相惜后不能相守。

生命中总有遗憾，现实中的无奈，苦涩辛酸只有自己和自己的心知道。

而他会有什么反应呢？

拉着她，不让她走？

也许这是她的期盼。

后来她发现，如果是坐着的，讲完话要走的时候，似乎不太利落果敢，不只是拖泥带水，还会把她内心的依依难舍显露无遗。

于是，她站起来，做个决绝的姿势，声音却微微地颤抖："我看，我们，到此为止吧。"

仿佛听到自己忧伤的哽咽在喉头徘徊，鼻子也跟着阻塞，似乎有凄迷的鼻涕就要流出来的样子。

真像在写小说呀，如果这是小说，她读到这里一定会大笑。过于老土毫无创意，重复别人一再写过的桥段，泛滥得可笑。

她喜欢大笑，开心的时候，忘形地拍着手掌大笑。

很多事情，包括痛的感觉，发生在别人身上，都可以忍受，甚至能够以嘲笑的心情和讥讽的眼光去观看。

当故事的主角换成是自己，她低下头，那种怆恻痛楚的感觉格外深刻刺骨。

"今天最后一次见你，以后我不会再答应你的约会了。"她对着镜子，苦涩地在做最后的演习。

讲完，她在恍惚间听到破碎的声音，像玻璃坠落在地上，她以为是眼前的镜子锁不稳，掉下来了，低头一看，碎裂在地上的是她血红而黯淡的心。

她突然回忆起小学三年级时，她也是频频对着镜子练习演讲，每天非常努力地伫在镜子前，用心地背着演讲的故事内容，哪个句子要强调，哪个词语要轻声，她充满信心地在台上演讲时，比赛结果却宣布她落选了。

今天的练习，结果是成功还是失败呢？

演讲比赛的成绩在于评审，今天做决定的是自己。

可是，她轻轻叹息，对自己完全没有信心。

像这样的演习，她已经反复练习了半年，每次一见到他，所有预先想好的关于分手的话，一句都说不出来。

明知是艰难的，她还是咬紧牙根竭尽全力："我们，我们还是分手吧！"

一听到这话，镜子里的人眼泪噗地像一朵开到荼靡的茶花，一整朵掉了下来。

雨还在下

明明是晴朗的蔚蓝天空，出门时还感觉炽热的阳光刺得她眼睛睁不开，谁知一坐进计程车，毫无预告的大雨倾盆而下。车子的划水似乎有点毛病，刷一下，停一下，速度很慢，她略担心，问司机："这样——你看得见路吗？"

话虽没说完全，但已经感觉被她轻蔑的司机大声回答："再大的雨我都看得见。"

她没有出声，自己苦笑，这个时代流行沟通的艺术，也许她应该再去学习。

雨水不断地在车前玻璃洒下，又被迟钝的划水划开，司机倒是开得很慢。这个一下雨就塞车的城市，司机想开快车也没机会发挥。车子被堵在路上，拎不拎伞的行人都步伐快捷。

待会儿抵达目的地，要交代司机停在有遮蔽的地方。出门前，她化了淡妆，还换上一件新买的上衣，头发也是昨天黄昏时特地赶到美发店做的。

看着行人在雨中急急赶路，她突然想起，去年认识余的时候，也是一个下雨天。

那天她到乐龄中心去。年轻时候她非常喜欢唱歌，但没有机会学习。那个年代，谁也没有机会。缺乏资讯，找不到老师。其实除了到学校求学之外，没有人去学什么现代人所谓的娱乐、自我成长啦这些课程。

后来，适婚年龄到了，结婚。不结婚大家看你怪怪的。亲戚介绍，没跟他出去过，甚至连手也没牵一下，就成立家庭了。果然如亲戚所言，一个好男人，不抽烟不喝酒不嫖不赌，出门去工作，回家来阅报，其他什么嗜好一概全无的好男人。她的口无法吐出任何怨言，喜欢唱歌成了心里的一份喜欢，没有人知道，静静地，在家里做个好太太。

好男人去世了。

女儿说妈妈不要成天关在家里，出去找朋友。

她想起来也觉得异常恐怖。原来结婚以后，家庭孩子为她筑起一道围墙，她一个朋友都没有，这样的日子也过了几十年。

后来女儿说不行不行，现在有乐龄中心，你去那边学一些什么，跳舞啦，插花啦，烹饪啦，都可以，重要的是多认识一些朋友。

余，倒不是在那里认识的。

头脑非常开通的女儿，一直鼓励她交朋友，还明白地告诉她："妈妈，要是真的有好的对象，不妨考虑再婚。"

"你发神经呀？"她骂女儿。

"一个人，日子多寂寞呀！"女儿非常了解，而且承认自己无能为力，"我自己也很忙碌，没办法陪你。"女儿有自己的工作和家庭。

到了老年才有机会和时间去学唱歌，她倒没想到。

教唱歌的是一个年轻的女老师，从英国回来，人很漂亮，而且心地善良。对他们这些老人家很有耐心。"你们真难得。"老师说，"肯学习，而且努力。"她感觉到学习的快乐。"你进步很快唷。"老师时常让她获得成就感。

那天正要到乐龄中心去，计程车停在对面，司机说赶时间要去载孩子下课，她就自己过马路。天下着雨，她拎一把伞，左瞧右望，就是过不去。

到乐龄中心来已经三四个月时间，从没发现这条路的车子如此繁忙。

她拎把伞伫在路边好久，手都酸了。

余也拎一把伞，走过，停下来，文质彬彬地问："小姐，你要过马路，前边有行人天桥。"

小姐？她吃惊地望着余，又看看自己的后面，没有别人，那么是叫她啦。

多少年没有人唤她小姐了。

余说："要不要一起过去，我要到对面的乐龄中心去学唱歌。"

从前她听人家说缘分什么的，都不相信，但是，在这样的情况下认识余，让人不得不归于缘分。要是那天她没去乐龄中心，或者是计程车司机载她过对面，或者是路上的车子没那么多，或者是余没正好经过，这一切都不会发生。

司机把车停下："到了。"

哦，她付车资，下车。非常好的预兆，车子停在有遮蔽的地方。她刻意的修饰和打扮没有被雨水淋湿破坏。她微笑着走进餐厅。

余已坐在里面。见她进来，余站起来。她就是喜欢余的细心和礼貌。

一切那么巧合，余的前妻已逝，留下一个女儿。他到乐龄中心，也是受女儿的鼓励，要他多交一些朋友，不要成天闷在家里。

她唤来余喜欢的菜。一年的交往，她已知余喜欢吃什么。

余在电话里约她，说有重要的事与她商量。她在电话这头拎着话筒，心怦怦跳，她仿佛听到自己心跳的声音。毫不犹豫地答应余的约会，她的直觉告诉她，余的重要事，很可能是求婚。

菜上来了，饭也来了。他们吃饭，聊天。她觉得余有点怪怪的，无论是神情还是语调。不过，她很了解人在做一个重要决定的时候，都不免会有点怪怪的。

一顿饭吃下来，她的态度和口气都充满鼓励性，但余一直没有切入正题。

吃剩的饭菜碗碟都被侍者收走，水果上来了，余仍没提到什么重要的事。她忍不住，不再转弯抹角，直接问："你说有事和我商量？"

余愣一愣，缓缓地说："是的。"他没有继续。

向来不是玲珑剔透的角色，但她已经明白有什么事情不对了。

与其让余开口，她心想，不如自己先说，她也佩服自己这个时候还能够笑一笑才说话："余，我应该先告诉你，我的女儿，她反对我再婚。"

非常清楚，余的脸色即刻整个地放松，眉毛一扬，嘴角向上，却又马上沮丧起来："为什么这些年轻的孩子们都那么自私？"

余没有把整个事实坦白相告，一句话却已让她明了他的苦衷。

"没关系。"她的笑容变得苦涩，她也不打算再掩饰，"就这样也很好。"

转头过去看，外头的雨还在下。

妙计

曾永东最气恨的人是刘董事长的女儿刘秀琦。

刘秀琦自从商科学院毕业就到公司来上班，她的职位是总经理。曾永东等这个位子很久了，他自从升任经理以后，就将总经理的位置当作前进的目标，但是现在看起来是受到阻碍了。

关于这件事，就是任何工作经验都没有的刘秀琦，一到公司就马上当总经理的事，公司里的人都没有说话，明哲保身是出来混社会的最主要条件，谁不知道呢？谁要开口反对，谁就是天字第一号傻瓜。

"由刘小姐来当总经理，是再适当也没有了。"在表面上曾永东也投赞成的一票。他心计颇深，做事都经过周详计划，没有一百巴仙成功率的事，他是不会去实行的。

"刘总经理，以你丰富的学识，年轻的冲劲，我相信公司日后一定有一番作为的。"他不但表示积极支持刘秀琦，而且是时常见面就送上许多谄媚讨好的话。

"真的？"刘秀琦非常得意，她一点也不晓得曾永东的心事。她对曾永东这个经理还相当欣赏的，尤其曾永东那副长相英俊、风度翩翩的外表，更给人好感。

刘秀琦除了家境好之外，她的外貌并不出色，也不是非常难看，反正就是不能让人留下印象的那种普通女人，所以当她听到曾永东的赞赏语言时，非常高兴。

从小到大，她没有什么机会听到有人赞扬她美丽能干的话，听了觉得心里舒服，听久了好像也变成是真实的了。

"刘总经理，这一个计划将为公司带来三倍的利润，是你做的决定，你的能力是有目共睹的。"

其实这是曾永东的最新策略。他眼看总经理的位置如果要论才干，当然就是选他来做，但是，要是论人事关系的话，他再怎么突出，再怎么努力也比不上老板的女儿，所以，他心里的打算就是：索性把刘秀琦追到手，成了太太以后，那张总经理的位子就是他的了。

对自己这个计谋，曾永东非常有信心。刘秀琦由于外貌不惊人，所以没有多少男人对她感兴趣，尤其是像曾永东那么好看的男人，所以当曾永东时常在她身边献殷勤时，她对他肯定留下深刻的良好印象。

公司里的事情很多都是曾永东的主意，但是，他却把计划书呈上去给刘秀琦，让她作最后的决定，当她作出肯定的决策而获得成功时，曾永东就将功劳全部归于刘秀琦。他这种不居功的态度，令刘秀琦对他增加好感。

"叫我秀琦吧。"曾永东听到这句话的时候，便晓得自己的大计已经成功了一半。他不只在公司里才见刘秀琦，他们的约会是每天的。

"秀琦，嫁给我吧。"曾永东认为有十分把握了，于是向刘秀琦求婚。结婚半年，曾永东开始建议："秀琦，你何必那么辛苦？就留在家里做个好太太，公司里的事情让我来代劳吧。"

曾永东高兴得声音都在发抖："你的总经理的位置，应该由我来坐了吧？"

刘秀琦无所谓地耸耸肩："总经理这个职位，爸爸本来也是叫我暂时做着，弟弟下个月就大学毕业了，他是当然的总经理，我等他来正式上班的时候再辞职吧。"

"轰！"曾永东感觉他的脑袋里有几百只蜜蜂在嗡嗡嗡。

爱鸟的人

下班是上班族最快乐的事。

当然他也没能例外。

其实在上个月之前，他对下班还存有恐惧感。

四十五岁，事业没有成就，收入和一般人一样，够他自己花，也可以存一点作储蓄，没有妻子没有孩子没有空。一个人的日子，听歌星唱："一个人的日子，也不算太坏——"但是他过得不好，简直就是坏极了。

如果一下班就回家，刚走进屋子，他马上就感觉屋里的冷清像挥不去的香口胶，老黏着他，紧紧不放，扯又扯不脱，他深深地厌恶被口香糖紧黏不放的感觉。因此，下班以后，他从来不即刻回家，总是到处去。就算没有要买东西，也在超级市场里闲逛。

走累的时候，就随意坐在供人休息的椅子上，看来来往往的人，把时间一点一滴地打发掉，等到天暗了，才从商业大厦里走出来，随便在街边吃碗饭，或者米粉面什么的，然后回到空无一人的屋子里，倒头便睡。

最近可不同了。

他的愉悦显然是遮盖不住的阳光，照射到四周的人。

小郭在背后偷偷告诉老李："看他的得意快乐样，大概是有女朋友了！"

"嘿，我也猜是如此。"老李的头直点。

他们不敢直接问他，因为从前他也交过几个女朋友，但都没有下文。

"都认识好久了，还不同人家提亲事，女人哪有时间等待？"小郭是小姐，所以明白小姐的心事。

"就是嘛。"老李是父亲，有两个二十岁左右的女儿，也有同感。"真正有心，就应该有所表示，难道没有承诺，叫女人空空地等吗？"

他就是这个样子，等到好几个女人都成为别人的妻子以后，才来后悔。

但是小郭和老李这一回都揣测错误了。没有人知道，他是为了一只鸟而期待着下班时间的到来。

前个月的某一天，他垂头丧气地走回家，突然听到清脆的歌声从一排店屋传过来。他循着歌声走去，发现街头新开了一家宠物店，再仔细一看，唱歌的是一只挂在屋檐下的小鸟。

他对鸟一无认识。那只鸟不大，全身是黑色的，黄色的喙，黄色的脚。至于它是什么鸟，他叫不出来，他一向对动物昆虫都不认识。但那对他也不重要，他从来没有听过如此悦耳的歌声。不只是嗓子嘹亮，它的旋律还曲折有致，那只鸟儿表演得非常自然，简直就是天生的歌手。

自从发现了宠物店里的这一只黑色的小鸟，他感觉人生的意义好像有些不同起来。下班时间一到，他脚步冲得比别人快，然后，走到宠物店，他的心情就松懈愉悦。每天他都站在宠物店门口，看着那只小鸟，听它唱歌，直到人家的店要关门休息了才回家去。

他听到小郭和老李在议论有关他的事，他本来想把小鸟的事说与他们听，但是再一想似乎有点可笑，不过是听到一只小鸟唱歌，就高兴成这个样子。他以为他们不会，其实没有人会，明白他的快乐的，所以他就没有提起。不过，日子不一样了，他的脚步轻快多了，他的笑容时常挂在脸上，他的衣服干净整齐，他的头发也梳得利落了。

他有时还逗那小鸟，小鸟好像认识他似的，回答他是用唱歌的方式，小鸟的反应令他更加兴奋，他几乎连星期日都在宠物店外徘徊。

这一天，小郭看到他惨白的脸色时，悄悄对老李说："他又失恋了。"

他听到，抬头说："小鸟被人买走了。"

小郭听他把小鸟的事说完，提问："为什么你那么喜欢，又不买回家去呢？"

　　他恍然大悟，自己问自己："是呀？我怎么从来就没有想到，可以把它买回家去？"

相处之道

他们结婚三十周年纪念日，孩子们特地办了宴会。

亲戚朋友都来了，大家口中说着祝福和羡慕的话。

私底下当然也说话了。

"真是很不容易，这个年代，有多少人结婚三十年还在一起？"

"相爱不难，相处才是门学问。"

"说实在的，比念个哲学博士学位难度还高。"

"这么多年来，照样如此恩爱，太叫人羡慕。"

三十周年的热闹纪念日过后，日子和从前也没有多大分别。

早餐前两人相偕到附近的公园晨运。

在公园里，一个绕园慢走，一个打气功。各自遇到各人的朋友，停下来说几句话。

一个小时后，两个人一起慢慢踱步回去。

"叫你打气功，你总是不听。"她每天打完气功，都说同样的话，明知道游说无力，还是习惯性地说一遍。

"叫你慢走，你不也不听吗？"他在心里回答。

"气功的好处你听得多了，就是不照做。"她碎碎地念，"我知道，凡是我说的，你都觉得没道理。"

他只是听，一路走向公园前边的咖啡店。

早餐就在咖啡店吃。她叫了清汤米粉和豆浆，他叫咖喱面和咖啡。

"医生说不要吃咖喱，更不要喝咖啡。"她面无表情，冷冷的语气，"你不听医生的话，为什么要去看他？"

他没出声，但在心里却回答了："医生哪有说，是你说的。况且几天吃一碗咖喱面，每天只一杯咖啡，我才不相信会怎么样。你的话根本是多余的。"

早餐过后，他一到家先看报纸，她则开始琐碎的家务事。

"叫你看完报纸要整理一下，从来不做。""你的杯子不能够洗一洗吗？""你的运动衣满是汗臭，不要乱丢不可以吗？"无论她说什么，他都没有出声。

真实情况是他根本没有听到，阅读报纸时，他的精神完全集中在报纸上。

午餐也非常简单，住在邻近的女儿，家中工人煮给孙子吃，顺便煮两道菜过来，她只负责煮饭。

"吃饭时候就吃饭可以吗？电视不能等一下看吗？"他刻意放一个小型电视在饭厅，为的就是一边吃一边看。有时候是电视节目，有时候是影碟。

他的嘴巴忙着吃饭，他的眼睛忙着看电视，没有回答。

"老陈的太太听说中风，情况不好，我等一下过去探望她。"她收拾桌子的时候说，"你睡午觉起来的时候，记得把米洗一洗，煮点饭呀。"

晚餐的菜肴也是女儿家的工人煮来的。

他没出声，在家里，他一天都没有出声，但她知道他是听到的。有时候就这样静静地，说完各做各事，有时候她会生气："每次说话都不回答，你到底有没有听到？"

他仍旧没有回答。

这是他对她的"相处之道"。三十年的婚姻生活，要说难，也不算太难，要说不容易，其实也真是不容易。

狗伴

每个人都同情我。

尤其是家中有老婆孩子的同事，他们跟我说话或者看我的眼光，都带着怜悯的神色。

我的神态是令人放心的，很开朗，笑起来也很大声。

只有我知道，那是故意做出来的，我佯装出来给人看的。

一个男人，到了三十八岁，应当结婚的了，但我没有，不但没有，而且交了三年的女朋友也跟别的男人跑了。

这就是大家可怜我的最大原因。

开始时，我非常感激人人对我的同情。

他们都把我当朋友，所以把我的事情也感同身受。

我甚至因为感动而时常买东西请他们吃。

但是，那些旧的伤心却由于他们时常流露出的怜悯神情而一直在我的心上徘徊不去，好像坏了的唱机，唱针一直在唱盘上回旋，重复又重复。

我开始怨恨这些对我付出同情的人。

他们真多事，真讨厌。

有一天说话，老王不知道在讲谁，他说："那个黄雪明——"却看了我一眼，突然把话停住。

我明白原因。

弃我而去的那个女人，叫李雪明。

为何这些人那么爱管闲事？

黄雪明又不是李雪明，就算是李雪明，也不必看我一眼，然后把话中断了吧？

这样听说话的人，不是人人都明白发生了什么事情吗？

有必要这样吗？

在我都已经渐渐忘记这件事以后，他们却仍然要我记住，照样以为我会在听到同样的名字以后，会神情黯然或者是偷偷流泪？

"你，你不会寂寞吗？"老刘好像是真的为我担心，又像是好奇。

我没有回应。

这种没有意义又没有建设性的问题，他们得到的答案是是或者不是，对他们的生活又有什么样的帮助？

我越来越受不了这些多事的人。

过不了多久，老刘又重复这个问题："一个人住，不会太冷清了些？"

我瞪他一眼。

"我的意思是，你会不会觉得孤独了一点？"他笑得尴尬。

我冷冷地："我养了一只狗。"

没有想到养狗这种小事竟然被他们渲染得整个办公室都知道。

我在厕所里听到进来洗手的小章和小林在我门外说："那个老处男，他现在都不交女朋友，他养狗呢！"

"养狗？"小林笑的声音非常可恶，"狗能为他做什么？"

然后两个人大声地笑得邪邪的。

我气得不能出声。

原来他们的同情都是假的。

人真是虚伪的动物。

下班以后，我一抵家门，狗就摇着尾巴迎接我。它和我一道去附近的公园慢跑，陪在我身边，我吃饭时，它就在我桌子下，吃我吃不下的东西。

失恋以后，我才发现，狗比人好得太多。

沟

邻居又把水沟里的阻塞物全扫过来了。

昨天许美玲才花了半天时间一身的汗水费尽吃奶之力来清理一番，今晨一走进天井又看见同样的"水沟不流通"情形，就宛如她每天得面对的日子一样，毫无新意。她不介意日子平淡，她气愤的是那个素未谋面却不负责任的邻居。

一阵风不疾不徐地吹过来，扬起一股刺鼻的恶臭，许美玲先是屏住呼吸，最后仍然忍不住吐出一口大气，又在无意间吸进了自水沟里飘上来的湿秽气味。许美玲常常自认是个有知识有水平的家庭主妇，这个时候也抑制不住要诅咒那个建筑商与设计图样的工程师，竟然有本领设计出一条隔壁的水沟须流经邻居家才能够出到后门大沟去的半独立屋子。

更叫人想不通的是，这么差劲的设计的房子也有人要买。

租屋以前，许美玲因为路途遥远而没有过来寻找挑选，要不然，她是无论如何也不会看上这栋房子的。于是将不满都推给丈夫，"你是怎么找的嘛，这种房子也租下来？"

"我？我哪有注意到这个？"丈夫是个大而化之的迷糊性格，还常常以"大事须精明，小事不妨糊涂"来为自己辩白。

"真讨厌哦。"

丈夫工作职位调升，公司将他自大城市调动到乡下来，迁居因此不是她的选择，她只是嫁夫随夫，不得不搬迁。带点无可奈何，而且，自都市迁往小镇，小镇上的一切，她用城市人的眼睛看起来，不免隐隐有一份城市人的心高气傲。因为如此，她的不悦仿佛益发理直气壮了。

"没见过这么野蛮的人嘛。"她先是向丈夫抗议，"到底有没有受过教育？"

"但是，他们家的水沟确实流向我们家来，也不能怪他们啦！"丈夫息事宁人，倒替邻人做了解释。

这个理由无法消除许美玲的火气："至少他们应该先把垃圾等等挖掉，清除一下呀！"她愈想心中的气正似火上浇油，燃烧得旺盛。

"水沟是让水流的，他们却把杂物废物全往沟渠里丢弃，然后都扫过我们这边来，算什么嘛。"

"算了，算了，举手之劳而已。"丈夫耸耸肩，轻轻松松的，脸上居然露出微微的笑。

如果不是那么从容不迫，不以为然的笑，许美玲也许不至于气愤成这样，她把扫沟渠的扫把递给丈夫："那，你自己去举那只手吧！"

　　丈夫一贯地心平气和："我们刚刚搬来，和隔壁家算是素不相识，日后住久了，尝试和他们沟通沟通，那时情况或者便会有所改善了。"

　　女人没有不小心眼的，虽然许美玲从来就不以为自己是那样庸俗的小气女人，但她心里实在是打定了主意："这么不自觉又不晓得尊重别人的人，我才懒得费事去沟通。"

　　事实上许美玲很有点"虎落平阳被犬欺"的自怜自怨感慨。"人必自重而后人重之"，这是起码的礼貌呀。她以为若是大都市里的人，绝对不会如此不通情达理的。

　　早出晚归的邻居并不那么容易叫许美玲碰见。许美玲有一天想通以后，才发现这个事实。时间太早，她不习惯到别人家串门子，叫人误会她无所事事；中午想过去，唯恐人家睡午觉碰上闭门羹可不好受，她是无论如何不肯做个不受欢迎的客人。黄昏好像是最适当时分，七点以前她揣测人家是在吃晚餐，晚餐以后，她又担心那段黄金时光是别人家的"家庭时间"，那是绝对十分个人的，她一个陌生人闯进去当不速之客，不免太冒昧。

　　结果，无法把意见传达过去，每天都得愤愤不平咬牙切齿地清理邻居的水沟阻塞物成了许美玲的"日行一善"。

一个人可以有大量的耐心却不可能有无限的容忍之心。许美玲只要一看见污浊的水沟就不由自主地产生一种怨恨、愤怒的恶劣情绪。有一层阴影逐渐形成，盘桓在她心坎里，逐日在扩大。

这一天她终于按捺不住也不再克制长久以来滋长的怒气，她不将沟渠的阻塞污浊物往外扫，反而干脆扫回隔壁家去。

这样做固然打消了她的一点点愤怒，却也叫愤怒的她略略有一些做贼心虚的羞耻。

然而，隔壁人家却不懂反省，泰然自若理所当然地再度把垃圾扫过来。

许美玲低低诅咒着，不甘示弱地把垃圾又扫过去。

隔天水沟里的垃圾似乎带着挑衅的意味，仍旧随着水沟里的污水流了过来。那种情况有点像拍皮球，拍下地的皮球总要回弹上来，只是中间缺了拍皮球的愉悦。

许美玲叹了一口气，她觉得自己真像强弩之末，又有点含冤莫白。

有个晚上，许美玲甚至做了噩梦，梦见沟渠里的废物塞得太满了，污水及醒龊物溢流了一地，一直流到她床上来，惊醒了以后，她上洗手间去吐了一个早上。

她终于决定过去与邻居交涉。

"什么？"丈夫听见她声音里浓重的愤怒。

"我要过去警告他们。"她握着一把长柄的水沟扫,一头的汗,看起来怒气冲冲的。

"不,不,不,不可以。"丈夫站在水沟的另一边急急地说,压低声音他继续劝告,"你千万不好这么做。"

"为什么不可以这么做?"许美玲以为自己是没有错的。

"我,"丈夫有点艰难地解释,"我已经去问清楚了。"

"问清楚?问清楚什么?"许美玲一时会意不过来。

丈夫的声音更低了:"住在我们家隔壁的,是我们公司总经理的妹妹。"

许美玲颇高兴:"那太好了,既然是认识的,你就过去同她说一声好了。"

"我看,我看——"丈夫支支吾吾的。

"不用看了,还看什么看!"许美玲想到有解决的方法,以后再也不用嗅这些恶臭,心情也轻松了。

"我看你就忍一忍吧。"丈夫的笑容有点牵强,"得罪了总经理的妹妹不太好吧?"

许美玲站在水沟的这一头,不肯置信地看着站在那一边的丈夫,她这才发现,原来丈夫长得很矮小,而且,两个人中间还隔着一条沟。

生鱼的眼泪

退休以后，时间多了，报纸可以慢慢看，他因此读得异常仔细。从封面版到股票版到国际版到文艺副刊到娱乐版甚至连字体小得看不见的分类广告，他也戴着老花眼镜，一个字一个字细细地读。

从前总嚷嚷着时间不够用，没有想到一离职便突然获得一大把光阴作为花红。猛然成为时光的富豪，如何花掉到手的时间竟成为退休后的难题。

在职时，早上总赖着不想起床，一起来即刻洗漱换衣，匆匆吃过早餐，急急赶车去上班，在心里埋怨连看报纸也不够时间。

人是很难满足的。没有时间，诸多怨言；时间太多，也不满意。往往把手上的报纸翻得快成破烂，几乎所有的什么都看尽读完，抬头看一下墙上的钟，还没到中午。

在家无所事事，耐不住寂寞，约其他退休朋友一起喝茶聊天。大家坐下没说两句就骂政府，骂政客，从执政党到反对党人物，都被他们咀嚼得碎碎的再吐出来。可是，那些人哪怕你骂？咖啡店的口水，喷不到他们的脸，他们听不到，只顾努力为自己的荷包忙碌不堪，为巩固自己的地位而喋喋不休。

聊到最后，反而是说话的人累了，一口一口啜着茶，相对无言。从前为工作忙，没时间多想，退休后，才发现市井小民，平常百姓，没钱没权没地位，说话没人听。人微言轻，说什么皆无用，只不过发泄自己的情绪。而不良情绪，多少和退休在家无事做也有关系吧？

更深入地分析，然后感觉自己变成一个无用的人。朋友怂恿他去学电脑、学瑜伽、学国标舞、学水墨画，他一概拒绝。理由同样一个：那么老了，还学什么？人就是这样老去的吧？失去学习的心，是老化的第一步，但他并不知道。

后来和朋友相约到处去吃名菜，乞丐鸡、一鱼三吃、一鸭二煮、田鸡焖汤、醉虾、胡椒螃蟹等。吃得多了，竟也觉得累。为一道食物，来回开三四个小时车，值得吗？这样舟车劳顿的。他叹息，放弃了。

讨厌家务事，初初仿效君子远离庖厨。在家时间日久，随妻子去巴刹，发现倒是杀掉光阴的好方法。买菜买鱼买肉，吃个早餐，花去一两个小时。抵家后在厨房里洗洗切切，又去掉半天。

之前不曾下过厨，没煮过菜的人，动手烹饪时，才知天才是存在的。平日不曾称赞过他的妻子也啧啧称奇，几乎每一道菜，都赞赏他煮得比她的还好吃。

他竟在厨房里找到成就感。初始以打发时间的心情去做菜，结果让妻子的一句接一句赞语，逐渐就把做菜的厨事转移到他手上。

喜欢做菜连带让他也喜欢上菜市场。在菜市场逛的日子越长，越发现生活有趣多姿。一直到有一天，他亲眼看见一个卖生鱼的小贩，把一只顾客选中的活生生的生鱼，用一把大刀，狠狠地敲它的头，接着在昏迷的生鱼口中塞进一根木棍，在生鱼半生不死的时候，出力地刨它身上的鳞片，他看着生鱼张大嘴，眼睛也张着，目瞪口呆，无法出声，只见生鱼的眼里似乎盈满了悲哀。

他一惊，生鱼的悲哀是面对死亡的惊慌，或者是悲悯人类为了满足个人的口欲而杀死一条生命？

在人和鱼的惊悚中，他看着生鱼的尾巴在砧板上挣扎，然后它的眼睛眨了一下，流下临死的泪。

喜欢吃鱼吃肉的他，伫在明媚阳光照耀下的巴刹里，打了一个寒战。

回到家里，做菜的时候，他一边切着肉片，一边和妻子提起这事。平时爱素食的妻子淡淡地说："以后你别再吃鱼吃肉，改为素食吧？"

"都那么老了，还改什么饮食习惯？"他张开口，想和妻子辩驳，话未出口，生鱼的眼泪竟流在他的心里。他手上的刀，停在砧板上，仿佛再怎么出力，也切不下去了。

过气情诗

卡片上是这样写的："我是天空里的一片云，偶尔投影在你的波心。"

曼莉看一遍，笑起来，对坐在旁边的苏西说："他写什么嘛。"

苏西说："借我看借我看。"

苏西看完也笑："他说他是一片云啦！"

"去他的一片！"曼莉把设计精美的卡片噗的一声丢在垃圾桶里。

"我每晚睡在床上寻思时，仿佛觉得发根里的血液一滴滴的消耗，在忧郁的思念中黑发变成白发。"

第二天的卡片上写的句子，是苏西念给曼莉听的。

"你要是回头看到谁的头发白了，就知道这一片云到底是谁了！"苏西陪她一起笑。

卡片仍然不断地送来。

"有你的爱，我的命就有根，我就是精神上的大富翁。"

"咦，他说他是大富翁，那样的话，我倒可以考虑。"曼莉看着卡片说话。

苏西提醒她："你看清楚些，他是精神上的大富翁，不是真的。"

"嗟！"曼莉不屑地，照样把卡片丢进垃圾桶，"没钱还学人追女孩子？"

"我是一团臃肿的凡庸，你是人间无比的仙客，但当恋爱将你偎入我的怀中，就是我也变成了天神似的英雄。"

曼莉大声地毫无保留地笑得身体都颤抖起来："这个人在写什么？我都看不懂！"

苏西也笑："这回我也救不了他了！呵呵！什么一团臃肿，曼莉你说会不会是那个矮胖的小王写的？"

曼莉高傲地抬高下巴："癞蛤蟆想吃天鹅肉！"

"志强，你每天都在写些什么？"和志强一起住的小王最近看到志强努力在写着文章，奇怪地问。

"我爱上了一个人。"志强说。

"爱上一个人，就天天写信，这种追女人的方法，落不落伍点？"小王摇头笑。

"你不知道，那个女孩多么纯情，多么有气质。"志强向往的眼神望着窗外的白云，"一看就知道她一定喜欢诗词和文学。"

"真的呀？"小王张大眼睛。

他回过头来，扬了扬手上的书："我在抄徐志摩的诗句，像那样有文学气质的女子，一定会欣赏徐志摩的。"

"是哪个女孩？我见过的吗？"小王好奇志强怎么会认识一个如此有水平的女孩。

"不告诉你。"志强却神秘地笑起来，然后低头把徐志摩的诗句又抄在精致的卡片上。

"我再也不能踌躇：我爱你！从此起，我的一瓣瓣的／思想都染着你，在醒时，在梦里，想躲也躲不去。——这些卡片上的诗句，都是徐志摩写给小曼的，我相信你一定知道，也一定会喜欢。"

苏西把颈项伸长，探头看曼莉手上的卡片，她喊起来："哗，多浪漫呀，还叫你小曼哩，原来写卡片给你的人是徐志摩。"

"谁是徐志摩呀？"曼莉皱眉问，"我不认识一个叫徐志摩的男人呀！"

她把卡片又丢进垃圾桶："苏西，今晚彼得约我去DISCO，你去不去？一起啦！"

留下的习惯

她唤了一杯茶，"阿莎木茶。"

听起来像煮咖喱用的罗望子，马来人叫 Assam。他于是问："酸的吗？"

对于他的问题，她感觉诧异："不，阿莎木茶怎么会酸呢？你喜欢酸的？叫杯柠檬茶吧。"

她做主替他唤了柠檬茶。

他没有阻止。

"很少男人喜欢喝酸味的茶。"她说。

他也不解释，只是耸耸肩。

茶拿来了。

她为自己的茶加了糖，加了奶，说："阿莎木茶味道比较浓，属于烈茶，如果没有加糖和奶，有点苦也有点涩。"

他沉默地听她讲茶。

"世浩喜欢这茶。"她啜一口，把茶杯放下的时候说。

"不过，这茶含酚性物，你知道什么叫酚性物？"她问。

他摇头。

"就是茶单宁较多，所以冷了以后会'浑'，不适合做冰红茶。"她说得头头是道。

他约她喝茶，并不是真的有事，也不是要她为他解释茶，能够看到她，坐在她面前，听到她说话，他就觉得人生美好。

她停了一停，又接下去："这些都是世浩告诉我的。"

然后她问："你怎么不加糖呢？"

他听话，打开一包糖，倒进茶里，搅动小茶匙。

"是嘛。"她看着他的动作，"人生要有一点甜。"

他觉得有道理，又下意识点头。

"生命有九十巴仙，甚至九十多巴仙是苦的，烦恼的日子太多了，欢乐时光无论多短，都要把握。"她仿佛在劝告他。

实际上是对自己说的吧。

他喝了一口柠檬茶，加了糖，味道果然比较可口。

"不要笑我。"她怅怅然地，"这些话也是世浩说的，而他把握过了，也走了。"

"是的，世浩走了。"他想。但是，世浩却始终没有离开过她，而且留下了他的习惯。

当然，听她一直提世浩，他会觉得酸，然而，他还是会继续约她喝茶。

红豆的相思

"红豆生南国，春来发几枝。愿君多采撷，此物最相思。"

这首诗的原作者是谁呢？

郭少蓉忘记了，不知道是王维还是白居易。但是，念这首诗给她听的人，她永远也忘不了。

虽然那个人已经远去，在国外念农科毕业以后，没有回来，就留在那儿工作，然后娶妻生子。她明知道恋情已经情变，却舍不得把他送给她的那一颗红豆丢掉。

事情已经过去整整六年了，郭少蓉却清楚地记得。

赵世浩柔情似水地把红艳亮丽的红豆递给她，并且为她念了这一首诗。

她那颗像冰块一样的心，遇到热情的他即时溶化掉。

为了也要给赵世浩找一颗红豆，她冒着雨在树下慢慢寻觅。

终于皇天不负苦心人，她找到了一颗最美最亮最红最艳的红豆，足以代表她纯洁爱恋的那一颗心。亲手送给他，并且在包扎着红豆的纸上题着那首"红豆诗"。在诗写完后，她还加了一句："我等你回来。"

然后，赵世浩便出国去深造了。

她意想不到的是，等待的结果居然是一封红色的结婚请柬。

赵世浩和他的大学同学结婚了。

请柬和红豆一样红彤彤的，热情的红色暖不了她的感觉，却碎了她的心。可是，当她擦干了眼泪以后，几次把红豆拿出来看了又看，终于还是包扎得漂漂亮亮的又收回她的首饰箱里。

郭少蓉后来也结了婚，丈夫不是不好，但是他不知道什么叫做浪漫。他是一个典型理科的男人，一是一，二是二，一加一等于二，二加二等于四。与他谈诗，他问郭少蓉是不是在说绕口令。再一次背词给他听，他说可以用白话说话吗？文言他听不懂。

郭少蓉的生活过得很好，不愁吃不愁穿，但是她总觉得日子好像缺少一些什么。

这一天，老同学李玉梅告诉她："你知不知道，赵世浩回来了。"

"真的？"郭少蓉有点高兴，有些惆怅。

李玉梅说："听说他现在做研究做得很有点名气。"

"研究什么？"郭少蓉好奇。

"不晓得。"李玉梅摇摇头，"只知道是跟农业有关的。"

郭少蓉考虑了很久，才给赵世浩打电话。

她约他一起喝茶，赵世浩爽快地答应了。

郭少蓉迟疑了一下，才提醒他："你——你把红豆带来好不好？"

赵世浩怔了一怔，却回答："——好呀！"

原来赵世浩记得那颗红豆，并且也还保存着。郭少蓉只觉得她的眼泪好像快掉下来了，她已经硬化的心仿佛又柔软起来。

终于见面了。郭少蓉皮包里头带着那颗红豆，她要给赵世浩看，让赵世浩想起从前两个人在一块时的快乐时光。

"我真意外。"赵世浩说，"原来你一直都在关心我。"

"你知道？"赵世浩的这一句开场白，让郭少蓉对他的怨怼在刹那间消失了。

"要不然，你也不会知道我在研究红豆了。"赵世浩一边说，一边把他带来的一大包红豆拿出来，放在桌子上。"喏，你要的，我给你带来了。"

郭少蓉错愕地望着眼前的旧情人。

"这些红豆，味道比天津的红豆更好，更香更甜，是我研究出来的，你煮来吃吃看，保证你会喜欢的。"

桌子上有一大包红豆，郭少蓉不晓得可以让她吃多少天？

美女女友

后来就没有人相信何树平的话。

开始时他的形容词并不夸张。头发是中长，波浪卷，眉毛浓黑但看起来秀气，眼睛很亮，明朗朗的像没有心计的小孩，适中的鼻子挺直，嘴巴相当性感的厚，又阔得恰到好处。

何树平把这些词汇汇集在一起，每个听到的人，脑海里凑合起来就出现了一个性感美女。

然而，今天的社会上，美女太多了。

资讯发达，女人都已经知道什么才是美丽，晓得如何装扮怎么穿着才能显出自己的特征之美、个性美。因而在街上走的时候，碰到不美丽的女人的机会越来越少了。

何树平谈到他的女友，大家听着，不过是美女，在日日都见美女的时代，也没觉得有什么稀奇。

时代进步的一个好处是无人不是美女，尤其是青春女郎。

大家的眼睛一起亮起来是在听到何树平的下一句话，他轻描淡写地说："我觉得苏利亚长得有点像舒淇。"

"哇！"大家的兴趣被逗出来了，"舒淇？舒淇？"

没有人不认识舒淇。

自从舒淇出现以后，大家口里光芒四射的林青霞便渐渐消失。到了今天，朋友们心里最亮的星星，最耀眼的那一颗，名字就叫舒淇。

"真的？"几个男人不约而同表现出非常感兴趣的样子。

何树平认真地想一下，然后用力地点头："真的。"

"哇嗨！"甚至有人吹起口哨来。

"喂喂，何树平，什么时候带来介绍给我们认识一下嘛。"

不知道是谁建议，说出了众人的心声。

"嗟！"何树平啐众位男人，"你们这些色狼，见到像舒淇的苏利亚，怕连口水都流出来。"

口气得意非凡。

在场的所有男人更加充满遐思绮想，异口同声地游说："何树平，做人不要太自私啦，看一下有什么关系嘛。"

"就是呀，看一看，苏利亚又不会损失！"

"我看呀，何树平是对自己没有信心。"其中一个头脑比较精明，故意激何树平一句。

何树平平时并不是不堪一激的，可是这一回却上当了："哼，把我说得那样没吸引力吗？好，你们真的要看，我把她带来！"

约好的那个晚上，有幸出席的男人，有的打领带，有的穿西装，有的特地到美发院去了一下午，有一个买了一双新的巴里皮鞋，还有的里里外外一身都着名牌货。

个个在咖啡厅里坐不住，眼睛四下张望，玻璃门一开，众男人的视线一齐投注过去，一次次失望，但却不气馁，大家从来都没有这么耐心过。

美女终于出现了！

所有的男人一起站起来，迎接何树平的舒淇。

然后，大家便明白古人说的俗语一点都不错。

那句话是："情人眼里出西施。"

老实男人

她出题："有一个黑人和一个白人女子生了一个孩子，你知道那个刚出世的孩子，她的牙齿是什么颜色的吗？"

有人猜："黄色。"

有人猜："米色。"

甚至有人猜："灰色。"

只有苏志刚微笑，他气定神闲，也不大声，轻轻说道："刚出世的孩子，怎么会有牙齿呢？"

陈忠明拍拍自己的额头："哎呀，对呀！我还在想，一直想，到底是什么颜色呢！"

她看一下苏志刚。

苏志刚稍带得意地对她笑。

她回他一个微笑。

不知道是从什么时候开始，公司里的同事流行 IQ 问题，却不是考智力，大家不过是说说笑笑的，想在公事之外，找些笑料，增加轻松的气氛，舒解一下工作压力。

没有人知道，苏志刚为了要引起她的注意，特地去书店找了好多有关这方面的资料，买了很多书，努力阅读。

他要让她对他留下深刻的印象。

陈忠明也喜欢她，苏志刚一开始就发现了，但是，他对自己有信心。

要追女孩子，当然要用点心计，陈忠明不会赢的。

苏志刚自信强烈，因为他了解陈忠明的为人，陈忠明是比较老实，这是很客气的形容词。

在这个时代，老实就是迂腐，就是落伍，就是过时，就是头脑不行。

做人要精明一点，要用手段，使心计，成功不是从天上掉下来的。

没有头脑的人，活该失败。

苏志刚非常肯定她对他的印象是非常深刻的，因为她最爱出题给大家猜，他认为她是故意的。

一个聪明、头脑灵活的男人，当然比一个直肠直肚的笨拙男人出色。

她又提问了："小明的妈妈有三个孩子，老大叫大毛，老二叫二毛，老三叫什么？"

"三毛！"马上有人反应。

"哈哈哈！"笑，很大声的。苏志刚故意。

因为回答的人是陈忠明。

"不对吗？"陈忠明还傻愣愣地，张着嘴问他。

她也在笑。

"都说小明的妈妈有三个孩子了，既然是小明的妈妈，那么第三个孩子当然是叫小明啦！"苏志刚十分有把握地解释。

"啊！"陈忠明拍一下自己的额头，"我真是死脑筋！怎么就没想到呢？"

苏志刚的眼睛不看陈忠明，他看着她微笑，却看到她在笑陈忠明。

后来他才知道她不是笑陈忠明，而是对陈忠明笑。

当她选择陈忠明的消息传来时，苏志刚呆若木鸡，他不相信。

"这不是真的！"

他听到她对同事说："我妈妈说的，老实的男人比较可靠。"

别人的梦

　　一个晴朗的下午，阳光非常明亮，微风轻轻地吹。虽然是炎热的风，但至少空气是流动的，那感觉和前两天下着雨的下午很不相同。

　　杜西玲谁也不邀，独自一个人去爬山。

　　这一座山，平日上来的人并不多，只有在周末，由于空闲的人比较多而能够去运动的地方相对的少，才会造成满山都是人、声音、饮料和食物的盛况。似乎大家约好一起到山中开"派对"。待到群众终于走光以后，便留下一堆碍眼的空瓶空罐，还有许多大大小小的污脏塑料袋，在山风吹起来的时候，四处飞舞，仿佛树林里有各种不同颜色的蝴蝶。

　　杜西玲没想到今天下午的人居然有那么多。

　　山里的气候本来应该比外边的要稍凉快，但也许是人多，也许是天气，走在山道上，仍然感觉到那股酷燥的热气。

几个年轻人走过杜西玲身边，抛下几个空罐，还抛下一个问题："要是山里下雨呢？"

他们是在和同伴说话，等他们走过去以后，杜西玲才突然想起这个她上山前没有考虑过的问题。

要是山里下雨呢？做事欠三思，不是好事。杜西玲时常忘记提醒自己，就像那天下午和费宝亮，无端端也可以吵起架来。

下雨的下午，空气湿闷，阴暗沉郁的天气影响人的心情。杜西玲常常在想，要是不碰到这种湿闷的天，她也许就不会和费宝亮吵架。整个事件其实该怪那个该死的白日梦。

自从工作以后，杜西玲很少睡午觉，那天是假日，她等着费宝亮来载她去喝茶，等得不耐烦，结果居然倚在厅里的长沙发上睡着了。

睡着了也没关系，而她在那么短的睡眠时间里，竟然也做了一个梦。

她梦见一个男人，非常温柔地搂着她，轻轻地在她的耳边告诉他："我是你的未来。"

然后费宝亮就进来了。

她生气费宝亮那么突然把她唤醒："快起来，去喝茶了。"

她正在抬头，要看那个男人的脸，她还不晓得那个搂她的未来的男人究竟是谁，当她正要看到底是谁的时候，费宝亮那么巧，就在这个时间叫醒她。

她嘟着嘴上车，一路上都不笑。费宝亮不但不谅解，还说："太小姐脾气了吧？不过是叫你喝茶罢了，睡觉晚上也可以睡呀！"

但是晚上做梦的时候，没有那个未来的男人呀！

越来越多人越过杜西玲，她走路脚步一向比人慢，更不用说是走山路。

刚上山的兴致已经渐渐冷却，像一壶煮开且搁得太久的水，杜西玲倚靠在一棵大树旁，开始有下山的打算。

突然她听到一个男人温柔的声音："我是你的未来。"

她大吃一惊，以为自己又走进梦里了，但她立刻就发现，声音来自大树的背后，她轻轻探头。

一对陌生的情侣，男的搂着女的，在女人耳边说话，却让杜西玲听见了。

那么熟悉的声音和画面，正像她在那个吵架的下午的那个梦。

但是那个被男人搂得紧紧的女人却不是杜西玲。

杜西玲马上明白了，她轻轻叹了一口气，原来在那个睡午觉的下午，她在无意间，走进了别人的梦。

考验

屋子坐落在花园住宅区的后面，金玉妹惊奇地问："春池，就是这里？"

黄春池若无其事地点头："是呀。"

车子在其中一间板屋前停下来。

金玉妹一打开车门，赶快用纸巾捂着嘴鼻："好臭唷！"

四周丛生的杂草在炽热猛烈的阳光下萎靡不堪，还有人乱丢的一些果皮纸屑、空瓶破罐，看起来更是脏得不能入目。

"这边。"黄春池走在前面，金玉妹皱着眉头，她没有看过比这里更凌乱的地方了。

屋子没有秩序地左一间右一间，而且都是木板的墙，铁板的顶，有些连油漆都没有，看着就像没有穿衣的模特儿，光秃秃的。

她小心地以小步慢慢地跟在黄春池后面。

"玉妹，进来。"黄春池先走进屋里，又转头唤她。

面对着门的是一个神桌，桌上摆着三四个神位。金玉妹平常不拜神，所以不知道那些是什么神。上头还摆放着白水三四杯，几种水果和香烛。靠墙处有一张长的沙发椅，椅垫看起来很旧了，褪色得厉害，像不堪再洗的已经发白的衣服。小桌上发黄的旧报纸、烟灰蒂丢在烟灰缸外边，两个空的杯，杯沿上有一圈洗不掉的茶渍，黄得像陈年老酒的颜色。地上连花砖也没铺，全是洋灰地，看似有几天没打扫过。窗倒有几个，窗帘却是几件用了不要的沙笼布随便地挂着。

金玉妹倒抽了一口冷气。

"春池，这，这里就是你的家？"

"是的。"黄春池没有不适应的感觉，他很自然就在椅子上坐下。"坐呀，别站在那里发呆。"

她不是发呆，她是震惊。

没有想到身为经理级的黄春池，老家是这个样子的。

一个老妇从厨房走出来："阿池，是你，真是你！"

"是的，妈，是我。"黄春池站起来，迎上前。

金玉妹看见老妇女的衣着，陈旧又老土，她张嘴，但不说话。

"阿池，你带女朋友回来？哎呀，怎么不早说？我去煮饭，等下在家里吃晚饭。"老妇兴奋地说。

"不！"金玉妹忍不住，终于喊出声来。

黄春池把金玉妹带到车上："真的要赶时间回市区吗？在这儿住一晚都不能？"

"不，不。"金玉妹的脸色是恐惧而轻蔑的，"我有事，有重要的事得回去。"

"那你等一等。"黄春池走回他的老家，对老妇说："福婶，谢谢你，这三百块是你的费用。"

福婶问："这个又是通不过考试？"

"是的。"黄春池苦笑，"现代女人，都太现实了，没有愿意挨苦的。"

"你告诉她你结婚后要不就回来住，要不就接我这个妈妈，到城里去住是不是？"福婶笑着问。

"对。"黄春池叹气，"这是第十一个了，差不多有一打的女人，不愿意下乡，也不愿意与老人家同住。"

"阿池，继续努力吧。"福婶幽默地祝福他。

碎碗

打破一个碗，全村人都知道。

她是从那个年代过来的人，在物质匮乏的时代，一个碗被打破，代价是她在前面跑，妈妈一边拿着棍子在后边追，一边大声喊骂，于是，一下子全村人都晓得，她不小心打破了一个碗。没有人来为她讨饶，因为破了一个碗，要重新买个新碗，并非容易的事。家里的杯盘碗碟，用到缺了几个角，还舍不得丢掉，继续盛菜盛饭盛汤，谁也不知道缺角的瓷器是不卫生的。说到美丽和精致，有得用就已经很了不得了，无人计较精美与否。

后来她开始收藏陶瓷，特别是餐具用途的杯盘碗碟。

所有陶瓷的形成皆经过一番高温，店里的年轻售货员滔滔不绝地解释，仿佛在说明他店里的陶瓷为何标价不低，"先以陶土塑造出美丽的外形，然后再进入高温的窑，烧制成美好的瓷器。"他指着几个色彩变化得非常奇妙的陶瓷说，"看，釉药在高温的燃烧下产生奇特的质变。"他特别强调，"这在制作之前想不出来，是自然的变化。"

多次到陶瓷店，她不是没有听过这些，却沉默地跟着售货员的话语点头。一个陶瓷的制成，无论粗糙不堪或精美不已，都是曾经经过多种程序，就像每个人的生命历程。随着时间，随着历练，一切逐渐产生变化，有的可以控制，有的无法掌握。

"预期的效果，或者是惊喜的变化，"她问，"是否影响陶瓷的价格呢？"

售货员迟疑，然后答："多少吧。"

当年她的志愿是做一个老师，没有想到两次投考师范学院竟然失败，于是，带着失意的心情去当保险销售员。跟着后边来的是更大的意外，她的成就越来越高，最终成为一个销售明星，成为诸多后辈学习的典范。然后，她的家用陶瓷全是外国入口的名牌。就算喝杯茶也要英国的皇家牌子成套摆在桌上。不过，坐着喝茶的往往却只有她一个人。过了四十岁，事业有成的女人，再要成就婚姻仿佛难度日高。她喜欢的男人，大都被家庭套牢，喜欢她的男人，她却存有戒心。有时候购买陶瓷，是为了它外形的精美或者是制作者的名气，她自己都分不清。

售货员热心地追问："有没有看到喜欢的？"

她没有回答，也没停下脚步仔细观看。

收藏多年后，越来越难买到中意的货色。

眼界高听着像是称赞，跟在后面的却是不断的失落。

就像选择男人，四十岁以后，条件跟着年龄长高，看得入眼的，仿佛都在别人家里。

售货小姐不放松，跟在她后面介绍："这个不错，那个也好……"

她步伐加快："再看看吧。"

两手空空回到家里，对着一橱的精美陶瓷，眼泪突然掉了下来。她打开橱门，选择一个最喜欢的碗，拿出来看了一看，有点不舍，最后还是把手松开。陶瓷掉在地上，"哐啷"一声，她看见一地的陶瓷碎片。

附 录

此情无计可消除

——评朵拉《微型小说自选集》

袁勇麟

  "文者……情系于中，而欲发于外者也。"以语言文字表现人类社会生活的文学艺术，从来就不能回避情感的深刻探究。即使是小说这种虚构性文体，也将情感置于中心，在迷离哗闹、喧嚣斑驳的艺术世界中，逃不开的是人世间千古不变的爱恨情仇、怒怪嗔怨，那些婉转的故事也许在流传中渐渐失去光彩，但不变的是丝丝缕缕的情怀，亘古长歌。鸿篇巨制中展现情感百态当然绰绰有余，而要在篇幅精悍的微型小说中也将情感抒写得淋漓尽致则不免为难，然而朵拉却凭着一颗慧心将一支妙笔运幄得收放自如，在闪回的生活镜头中细心雕镂人生真情。

  作为小说中独特的文类，微型小说具有独立的审美品格，即以简短有限的篇幅涵纳饱满无限的意义，正如鲁迅所言："在巍峨灿烂的巨大纪念碑底的文学之旁，短篇小说也依然有着存在的充足的权利。……不但巨细高低，相依为命，也譬如身入大伽蓝中，但见全体非常宏丽，眩人眼睛，令观者心神飞越，而细看一雕阑一画础，虽然细小，所得却更为分明，再以此推及全体，感受遂愈加切实，因此那些终于为人所注重了。"要在十分有限的篇幅内叙事抒情达意，需要充分发挥语言文字的涵纳功能，使每一个字词句都能达到最恰当的表现效果，并运用艺术手法，制造情节的突变和起伏，因此我们常常称微型小说是突变的艺术，即在情节的正常叙事发展中，插入意外环节，或者直接在文末进行情节突转，达到意想不到、始料未及的阅读效果，造成悬念、新奇和刺激的审美感受，并产生喟然回味、深思体会的情感体验。

欧·亨利与星新一这两位美、日微型小说名家就是以"意外的结尾"见长的，以至有人将突变的结尾称为"欧·亨利的结尾"或"星新一的结尾"。这一艺术手法也成为朵拉微型小说中的主要表现手段，通过叙事场景切换和叙事节奏的调度使作品情节跌宕起伏、回味悠长，如《礼物》铺写偷情回家的丈夫给妻子送礼的内心挣扎，看似一篇普通的心理小说，却在最后笔锋一转，把焦点骤然转到妻子送礼之处，句号就此落下，令人如同文中那位丈夫一般惊愕无语，一转念，才惊觉原来是"以彼之道还治彼身"的叙述圈套，而夫妻之间种种千头万绪的旧爱新欢却已经在这简约的文字中若隐若现。朵拉更进一步突破突变手法的叙事局限性，引入散文抒情式笔法，将突变的紧张情节冲突和缓慢的悠远情绪铺垫相结合，达到回味无穷、引人深思的效果。如《有一颗心》中叙写男女恋情，本是爱与不爱、得到与失去的俗世情节，却在简短几句话中透露无限深意："他没有再多问，只是娶了她。他一直不能忘记，有一年情人节，她送过他一颗心。他相信她在画这颗心时，是很用心很真情的。他曾经得到她，但是，最后他还是失去她。"不过寥寥数语，却已尽显波折，且深蕴无限感怀，既有画龙点睛的独到，又充满唏嘘感慨的情怀。除了突变手法和回转情节之外，朵拉还擅长运用多种艺术手法，凝练字句精华，扩张情节张力，突出人物内心冲突，婉转表现各种情感矛盾。如《遗失》通篇处理成对话形式，在你言我语的碎谈之中，人情冷漠和虚情假意跃然纸上；《等待的咖啡》则采用蒙太奇手法，对接人物意识流表现，在微醺间轻轻搅动苦恋的沉郁困惑。其他如场景描述、人称转换、超现实情节等更是常见的表现手法，正是在这些多样的艺术手法表现中，朵拉以小说建构起一个丰富的生态微型景观，小说在她手中，仿佛一部精致的摄像机，从各种角度记录人生百态，或明朗新鲜，或灰暗沉败，或婉转清澈，或低吟徘徊，映照出爱情、亲情、友情甚至各种畸情的纷杂情感世界。

世间万物皆有情，人情最可贵。人之所以为人，就在于有感情和理智的自觉，感情是人与人连接的纽带，是人的感怀、思恋、寄托的认知方式。人类的情感世界是丰富的，男女之恋、父母子女之爱，同伴友朋之情等各种情感缤纷交织，深刻反映了内在人性的复杂和外在现实的多元。作为一个极重感情的人，朵拉自言："文学是人学，也是情学。无论小说、散文和诗，描述的都是人，都是情。"情感如水，难赋其形，人的情感是最难把握也最难描述的，深情款款、真情无限、恋情曲折、隐情幽微……世间万万千千情感纷纭，岂是三言两语能够道明，朵拉却偏偏能在短短数百字的篇幅内，将各种情感书写得入骨三分，血肉相见。在朵拉的小说中，"两性关系从此成为我最爱探讨的课题"，从《黑夜的风景》中暗恋的脉脉情愫，到《会说话的墙》里夫妻的平淡漠然，从《行李》中的爱情渐远，到《病人》里的痴情守候，还有《手术》的情爱纠结、《过时的信》的慨然追忆、《绝望的香水》的无望单恋……男女之间纠缠不清的情结成为朵拉笔墨渲染最为浓重的景致，生生世世的爱情神话在朵拉纤纤笔触之间，破解为纷纷碎碎的粉末，如飘絮一般在空中轻扬，散落一地飘屑。朵拉笔下的爱情故事没有大悲大痛，没有大苦大悲，见不到凄切流泪，也听不到朗声欢笑，有的只是淡淡的情怀、欲说还休的惆怅、苍凉无奈的守望和寂寞萧索的回忆，正如评论家阿兆指出的："由于朵拉刻意追求平淡，并未用心于情节结构，情节有所淡化，但小说的基本要素还是具备的，而且作品较为空灵含蓄蕴藉，可以说，她的作品远较抒情文更为空灵，远较记叙文更具情节性，可以视为散文诗＋小说。"这一评论中肯地指出了朵拉小说的特征：淡化情节，诗意化语言，深化人物性格特征，通过笔墨写意的创作风格，表现幽微曲折的情感本质。而在这样的男女情感纠缠中，朵拉尤为注重女性经验的深入刻画，她说："我的文学创作，尤其是小说，其实是对男权社会和女性自甘矮化的一种安静的反抗。"既然是"安静的反抗"，就不是静默忍受的温情闲话，也不是激烈争战的批判檄文，而是清淡却深邃的情感诉求，是对女性生存处境和生命体验的探索和追问，这也是她小说情感表现得深刻细致的主要原因。朵拉以她细腻而独到的眼光观察世间女子，发现她们涕泪泣笑的境况，体会她们内心深处的真情实感，她小说中的女性困境各不相同，有未婚热恋中的少女，有陷入婚姻桎梏中的妇人，有踯躅回首往事的老妇，更有许多纠缠于婚外恋之中的情妇。虽然她们遭遇不同，但却往往表现出惊人一致的情感特征：痴迷而执着、依赖而缱绻。而这份眷恋更进一步吞噬了女性主体，让女性在情爱关系中逐渐失去自我，陷于低谷劣势不能自拔，如同《钟摆》中的林佳如日复一日地重复这单调乏味的家庭主妇生活，终于梦见自己变成了一个机械死寂的钟摆。"她大声地喊，声音是充满着恐惧感的。但是，她却陷在梦里醒不过来了……林佳如终于变成了一个钟摆。"充满隐喻的象征性描写，实际上尖锐地指出女性甘于沉落依附的弱势姿态。对于女人情感的脆弱和娇嫩，朵拉当然充满理解和同情，"她很清楚眼泪并不能洗掉孤寂和悒郁，但是没有更好的方法。寂寞和孤独啃噬着她，像有虫在心里一下一下咬啮着，痛倒不是非常不可忍耐，益发不可抵挡的是那种空虚和心虚。"（《病情》）但对于女性性格的软弱和妥协，朵拉也进行了剖析和批判。"爱一个人，不主动去争取，整天在梦中纠缠不清，这样的歌有什么好听。"（《时代的歌》）面对女性依然处于他者化人格的处境，朵拉认为，既然"变成他的宠物，却不是她想要的"（《宠物》）。那么，就索性转身离去，让"往前走去的脚步没有犹豫"（《过时手表》）。因为，"我想穿我喜欢的鞋子，不管那是什么颜色，不论它多么吃脚，那是我个人的事"（《自由的红鞋》）。只有拥有了独立的精神人格和完整健全的自我主体意识，才能真正在男女关系中获得平等，保持感情的尊严和权利。这正是朵拉看似平静从容的情爱叙述背后的韧性坚持和坚定执着，也是她微型小说探掘深刻之所在。

　　大千世界，除了男女情爱之外，还有各种亲人友朋之情，在朵拉笔下，这些情感也并非单调纯色，而是各自迷炫缤纷，自成一道风景。父母子女之爱是朵拉着重书写的题材之一，在母亲往儿子的行李袋中装着即食面的时候（《即食面》），在回家之前准备的土鸡、番鸭、红毛丹的时候（《记性》），在那些日渐混浊却依然闪烁着挚爱光芒的眼神中，是父母对子女的大爱无言；在成家的孩子时常念叨着父亲最爱吃的小鱼中（《父亲和鱼》）、在媳妇想把在外遇到的狗抱回家带给家中孤独的家婆时（《家婆和狗》）、在那些渐行渐远却仍然挂念牵绊的脚步中，是子女对父母的牵挂。然而也可能在一次简单的节日中暴露出子女对父母的误会和疏忽，《原谅》中对母亲的误解和终身悔恨、《母亲节电话》中对情人母亲和自己母亲态度的判若两人，都在显示父母子女之间隔膜代沟的冷酷现实。既然最亲密血缘的父母和子女之间都存在种种问题，那么人与人交往之中的种种琐碎烦扰就更是无法避免了。"生命里本来就有许多挫折和哀伤，再加上每个人一有空就堆砌着无人了解的砖块，一道厚而高的墙渐渐建筑起来，成了心灵交会的障碍"，因此"她长年一直在吃糖"，只是为了不介入那些"诽谤和伤害他人的话，还有认识与不认识的人的是是非非"之中（《阻止咳嗽的糖》），或者是"她仍然维持着她喝下午茶的习惯，每天下午她依旧单独一个人出去"（《下午茶闲话》）。总之，在闲言碎语和纷杂人事之中，虚伪、冷漠、猜疑、妒忌都如牵藤般蔓延滋生，缠绕盘旋在每个角落，朵拉冷眼旁观，将这些角落一一探照，显出现代社会文化中的人性缺陷和道德失范，对时代精神提出深刻警醒。可以说，朵拉的微型小说如万花筒，旋转之间，既有璀璨光华，也有迷离暗影，映照出世事人情的种种面相，在记事与抒情之间营造出情感绚烂的人性世界。

微型小说是一种意味深刻的文体，从一个点、一个画面、一个对比、一声赞叹、一瞬间之中，捕捉住了一种智慧、一种美、一个耐人寻味的场景、一种新鲜的思想。可以说，正因为微型小说的简化，才更要求其内在容量的包孕，需要涵纳丰富的意义，表达深邃的思想，而这对微型小说的文字提出了极高的要求，所谓"字字含金"，正是微型小说的特点，也是其比起一般短中长篇小说难为之处。朵拉谈到自己文学创作时曾说："创作的时候，用心思考和感觉，如何把平凡的故事说得不平凡，除了冷眼热心，更别忽略生活中的小，小东西、小事件、小细节，把一切日常的小放大去看，深入理解。这和我画水墨画的方法一样，小小的一朵花、一只鸟、一颗石头，皆可成为一幅蕴含深意的图画。"从一朵花中看世界，从一个微笑中见人情，这正是微型小说的精妙之处，而以简练平实却深意内涵的文字去表现这种精妙，则是朵拉微型小说创作的精彩所在，恰如水墨画一样，在黑白虚实浓淡相间的笔墨之中，描画姿势情态，点染大千万物。朵拉的文字是平静自然的，少见浓墨重彩的渲染和描写，最多是轻轻扫过，你看她写美丽女人："章太太长得年轻貌美。眼睛亮亮的，而且眼波流转，顾盼之间，颇见妩媚的女人味，苗条修长的章太太喜欢笑，一笑起来，亮亮的眼睛就眯眯的，一副风情万种的样子。这令她在几个胖太太之间，显得格外出色。"（《嗅觉》）没有太多修饰，几句话就活脱脱一个美人儿在眼前，不是"云髻峨峨，修眉联娟"的明艳，却是"犹抱琵琶半遮面"的妩媚，留下充分的想象余地，但即使像这样简约的人物速写在朵拉的作品中也是很少的，较多的则是对场景的渲染，这也往往处理得简洁从容，如："室内静寂无声，只有冷气机轻轻地扑扑扑作响。窗帘布半开，阳光从半片窗投射进来，照在桌子上，一丛不开花的绿叶子，青嫩嫩地挺立在玻璃罐里，它在阳光里发出格外鲜亮的光彩。"（《绿叶子》）"洁白纤细的芒草花在澄红绚丽的夕阳里，益发洁净雪白，秋天的风掠过，它们微微地摇曳，像在朝她行礼招呼"。（《二遇芒草花》）在朵拉的小说中，你看不到斑驳炫彩的声光色影，也寻不见繁缛雕琢的修饰形容，有的只是清淡的原色调和朴素的本姿态，是生活呈现出的原貌，仿佛一杯清淡的茉莉花茶，浅绿色的茶叶花瓣在温润的水中慢慢舒展。但简洁不代表简单，在字里行间，总是隐约着人生的感喟和哲思，如香气氤氲盘旋升腾，带出缕缕茶香："有的人花一生去寻觅，苦苦追求，只为了想找一个相知相爱的人，只不过，有时候，费尽心机和时间，也不一定会找得到。"（《洗头》）"人一直在流浪，因为向往着远方，因为所有的憧憬幸福都停留在其他看不见的地方。"（《流浪的幸福》）……这些闪烁着思想光彩的只言词组如繁星一样散落在淡淡的叙事中，使生活微波显出粼粼的水光，不是冷眼旁观的决绝凛然，不是纵身其中的沉迷沦陷，而是入乎内出乎外的深思熟虑，是对世事人情深有感触而又深切体悟的智慧，这正是朵拉小说的迷人之处，不着痕迹的轻描淡写间，却已是万千情怀。

　　微型小说是语言的艺术，篇幅微小，字句凝练，立意新颖，结构严密，是以微知著的特殊文体，要在有限中涵纳无穷是一项并不轻松的工作，对创作者有严格的文学素养要求。朵拉的微型小说在吸取了众多微型小说艺术特色的基础上大胆创新，采用了写实、超现实、意识流等创作手法，在总体平淡清净的风格中化解人事情愁。朵拉的小说中总是那些欲说还休的情感，如涓涓溪水，流淌过岩礁小石，一点一滴上心头。这样的情感端的不是惊心动魄、激情洋溢的澎湃热烈，而是沉郁细腻、纠缠反复的百转千回，是将"情"字渗透了的深沉内敛。此情无计可消除，眉头微展，心头紧锁，俗世男男女女的爱恨情愁，凡尘老老少少的恩怨烦恼，都在那些微言之间渐渐飘散，朵拉始终站在热闹的边缘，用一片玉洁冰心，执着地把持着心中的情感灯火，守望着心中那一片纯净的文学天宇。